RUGADH GRAHAM COOPER ann Siorrachd Obar Dheathain far a leis na h-ainmean-àite Gàidhlig Thug e a-mach ceum dotaireac. ann an Oilthigh Obar Dheathain. Dh'obraich e mar lannsair ann an Alba, Sasainn is Èirinn a Tuath, agus mar obraiche saor-thoileach ann an Nepal. Chuir e ri eòlas meidigeach le pàipearan air obair-lannsa.

Nuair a leig e dheth a dhreuchd, thòisich e air a' Ghàidhlig ionnsachadh aig Club Gàidhlig Obair Dheathain. Eadar 2012 agus 2016, rinn e cùrsaichean aig Sabhal Mòr Ostaig. Aig a' Mhòd ann an 2017, choisinn e Duais Dhòmhnaill Iain Mhicìomhair le sgeulachd ghoirid agus ann an 2022 choisinn an nobhail aige, 'An Ròs a Leigheas', an duais 'An Leabhar as Fheàrr airson Inbheach'.

Tha Graham pòsta aig Eileen agus tha iad a' fuireach ann an Siorrachd Obar Dheathain. Tha dithis nighean agus dithis oghaichean aca. Tha e a' còrdadh ri Graham a bhith a' leughadh agus a' cluich giotàr.

Le ùghdar na nobhail:

Dà Shamhradh ann an Raineach, Luath Press, 2019
An Ròs a Leigheas, Luath Press, 2021

Am Prionnsa

GRAHAM COOPER

Luath Press Limited
DÙN ÈIDEANN
www.luath.co.uk

A' chiad chlò 2025

ISBN: 978-1-80425-171-3

Gach còir glèidhte. Tha còraichean an sgrìobhaiche mar ùghdar fo Achd Chòraichean, Dealbhachaidh agus Stèidh 1988 dearbhte.

Chuidich Comhairle nan Leabhraichean am foillsichear le cosgaisean an leabhair seo.

Chaidh am pàipear a tha air a chleachdadh anns an leabhar seo a dhèanamh ann an dòighean coibhneil dhan àrainneachd, a-mach à coilltean ath-nuadhachail.

Air a chlò-bhualadh 's air a cheangal le Robertson Printer, Baile Fharfair.

Air a chur ann an clò Sabon 11 le Main Point Books, Dùn Èideann

© Graham Cooper 2025

Gu Pamela agus Dòmhnall Iain MacLeòid (1929–2025),
caraid dìleas

Thubhairt na daoine glice shìos an Lunnainn: 'Cuiridh sinn briogaisean air na Gàidheil, is bheir sinn uapa gach claidheamh agus musgaid, is fàsaidh na fir alltha an sin cho soitheamh ciùin ris na h-uain.'

An t-Urr Coinneach MacLeòid, Sgrìobhaidhean Choinnich MhicLeòid, 1988

The injury that is to be done to a man ought to be of such a kind that one does not stand in fear of revenge.

For in truth there is no safe way to retain territories otherwise than by ruining them.

Niccolo Machiavelli, The Prince, 1532

Ach tha mise ag ràdh ribh, Biodh gràdh agaibh dur naimhdean, beannaichibh an dream a mhallaicheas sibh, dèanaibh math do na daoine air am beag sibh, agus dèanaibh ùrnaigh airson na muinntir a tha a' buntainn ribh gu naimhdeil, agus a tha gur geur-leanmhainn.

Soisgeul Mhata 5, 44

Clàr-innse

Geàrr-chunntas air Bliadhna Theàrlaich 11
Ro-ràdh 13

PÀIRT A H-AON: NA ROGHAINNEAN

1 A' Choinneamh 17
2 Earrannan à Pàipearan an Urr Ualtair Syme 24
3 Ealasaid Syme 28
4 Lasair na Coinnle 31
5 Ciad Litir Fear Thìr Preasaidh 34
6 Diùc Chumberland – Brabant, 1745 43
7 A' Tarraing an Stuic Chàil 49
8 An Seisean 54
9 Diùc Chumberland – Windsor, 1745 60
10 An Guth Binn 66
11 An Còmhradh 73
12 An Tilleadh 80
13 Diùc Chumberland – Obar Dheathain, 1746 91
14 An Dàrna Tilleadh 98
15 Diùc Chumberland – Inbhir Nis, 1746 108

16	Ualtar agus Baraball	113
17	A' Cheist	122
18	Diùc Chumberland – Windsor, 1746	130
19	An t-Aoghair	137
20	Dàrna Litir Fear Thìr Preasaidh	144

PÀIRT A DHÀ: NA TORAIDHEAN

21	Eleonora	153
22	Diùc Chumberland – Windsor, 1757	160
23	Bruthach nan Smeòrach	164

Eàrr-ràdh	168
Iar-fhacal: Às dèidh a' Phrionnsa	173
Tùsan	177
Craobh-theaghlaich nan Symes	181
Notaichean	184
Buidheachas	201

Geàrr-chunntas air Bliadhna Theàrlaich

23mh den Iuchar 1745
Tha am Prionnsa Teàrlach Eideard Stiùbhart a' tighinn gu tìr an Èirisgeigh.

19mh den Lùnastal 1745
Tha bratach nan Stiùbhartach air a sgaoileadh ri crann ann an Gleann Fhionnainn.

17mh den t-Sultain 1745
Tha na Seumasaich a' gabhail sealbh air Dùn Èideann.

16mh den t-Samhain 1745
Tha na Seumasaich a' gabhail sealbh air Carlisle.

4mh den Dùbhlachd 1745
Tha an t-arm Seumasach a' ruigsinn Derby.

18mh den Dùbhlachd 1745
An Arrabhaig aig Clifton.

23mh/24mh den Dùbhlachd 1745
An Arrabhaig aig Inbhir Uaraidh.

17mh den Fhaoilleach 1746
Blàr na h-Eaglaise Brice.

17mh den Ghearran 1746
Ruaig na Mòighe.

16mh den Ghiblean 1746
Blàr Chùil Lodair.

20mh den t-Sultain 1746
Tha am Prionnsa Teàrlach a' fàgail na h-Alba air bòrd luing a tha a' tilleadh dhan Fhraing.

Ro-ràdh

BHA AN SGÌRE air a bhith ann o thoiseach tìm, on a chruthaich Dia na nèamhan agus an talamh.

An toiseach, bha feur, preasan agus craobhan a' fàs – an t-aiteann, a' bheithe, an seileach, an critheann, an giuthas. Cha robh càil ri chluinntinn ach na sruthan a' torman gu socair. An uair sin, rinn na creutairean beaga mar luchan agus radain an dachaighean anns a' ghleann agus chualas ceilearadh eunlaith an adhair – na gealbhonnan, na loin-dubha, na smeòraichean. Thàinig na beathaichean mòra – na dòbhar-choin, na tuirc, na mathanan, na madaidhean-allaidh, na loin, na h-eich fhiadhaich agus na fèidh.

> Earrann à *Eaglais an Naoimh Neachtain*
> bho phàipearan an Urr Ualtair Syme.

PÀIRT A H-AON

Na Roghainnean

I

A' Choinneamh

Mansa Thulach Neasail, Siorrachd Obar Dheathain,
2na den Lùnastal 1745

'CÒ AM FEAR ÒG a tha sin? Cha mhòr nach eil e nas eireachdaile na an t-uachdaran Teàrlach fhèin!'

'Nach ist thu, a Bharaball!' fhreagair Màiri. ''S e duine uasal a th' ann. Agus bidh e na Chaitligeach, tha mi cinnteach. 'S dòcha gu bheil e pòsta!'

Bha Baraball, an t-searbhanta aig a' mhansa, na boireannach bòidheach, beòthail, fichead bliadhna a dh'aois. 'Bha mi dìreach ag ràdh gur e duine tapaidh a th' ann,' ars ise. 'Agus tha aoighean tapaidh aig an taigh seo cho gann ri rionnagan air oidhche fhrasaich.'

Bha am fealla-dhà a' còrdadh ri Màiri, sia bliadhna deug a dh'aois agus an nighean a bu shine do mhinistear Thulach Neasail, ged a dh'fhaodadh giùlan Barabaill a bhith mì-mhodhail aig amannan – agus bha beul ro luath aice. Na suidhe ri tac an teine, bha Mairead, dàrna nighean a' mhinisteir, a' toirt glùn do a piuthair bhig Iseabail – cha robh ise ach bliadhna a dh'aois.

Bha aodach dubh air Màiri agus Mairead mar

chomharradh gun robh iad a' caoidh am màthar a bha air caochladh o chionn deich mìosan. Bha dreasa fhada dhonn air Baraball, a falt den aon dath ann am figheachan sgiobalta fo a currac.

'Nach tèid sinn a thoirt sùil air?' dh'fhaighnich Baraball le gàire beag. 'Tha botal de chlàireat agam an seo. An toir thu leat na glainneachan, a Mhàiri?'

Cha b' ann tric a chluinnte gàire anns a' mhansa o chionn ghoirid – bha an teaghlach air a bhith fo neul dorcha. Mar sin dheth, bha e air togail a thoirt do Bharaball nuair a nochd an dithis fhear am feasgar ud gus facal fhaighinn air a' mhinistear: Teàrlach Gòrdanach, Siathamh Fear Thìr Preasaidh, agus an duine òg a bha na chuideachd. Bha Teàrlach gu math aithnichte anns an sgìre – cha robh Caisteal Thìr Preasaidh ach mìle air falbh bhon eaglais – agus ged a bha an duine òg na shrainnsear bha e follaiseach gun robh iad càirdeach dha chèile. Cha b' e dìreach gun robh iad àrd, duineil ach gun robh sròn mhòr uasal aca. Bha roinneagan glasa ann am falt donn Theàrlaich, agus e a' sreap ri trì fichead bliadhna a dh'aois.

Cha robh an t-Urr Ualtar Syme, ministear na h-Eaglaise Stèidhichte ann an Tulach Neasail, cho àrd no cho tapaidh 's a bha na Gòrdanaich ach bha e seang, sùbailte na bhodhaig bho bhith a' coiseachd timcheall na paraiste. Bha e leth-cheud 's a trì bliadhna a dh'aois agus ged a bha fhalt dualach cho geal ris a' chanach bha rudeigin balachail mu aodann. Mar a bha àbhaisteach dha, bha aodach dubh air, agus coilear cruinn geal a' mhinisteir mu amhaich.

A' CHOINNEAMH

Bha Ualtar air a dhòigh glan fàilte a chur air an dithis Ghòrdanach – bhiodh beagan còmhraidh a' còrdadh ris agus a' toirt leisgeul dha obair-deasachaidh an t-searmoin aige a chur an dàrna taobh airson greis. A thuilleadh air sin, bha e an dòchas gun gabhadh na h-aoighean glainne fiona còmhla ris.

Lean Baraball ceumannan Màiri a-steach do sheòmar-suidhe an taighe far an robh Ualtar Syme agus na Gòrdanaich nan seasamh ri taobh na h-uinneige a' gabhail beachd air an t-sìde.

Nuair a chunnaic Teàrlach Gòrdanach Màiri, chrom e a cheann rithe. 'Ciamar a tha thu, a Mhaighdean Syme?' dh'fhaighnich e.

'Tha mi gu dòigheil, tapadh leibh, a dhuin' uasail.'

'Am faod mi do chur an aithne an fhìr-dàimh agam, am Morair Lewis Gòrdanach, bràthair Chosmo, Diùc Ghòrdain?'

Rinn Màiri beic ris an duine òg agus fhreagair esan le cromadh-cinn. Bha fiamh a ghàire air aodann Ualtair – bha e moiteil à modhalachd na h-ighne aige.

'Tha mi toilichte a bhith a' faighinn cothrom,' lean Teàrlach Gòrdanach air, 'taing a thoirt dhut 'son an leighis a chuir thu thugam o chionn ghoirid.' Thionndaidh e chun a' Mhorair Lewis. 'Thuit mi bhàrr an eich agam agus bha mo ghualann goirt, ach rinn leigheas Màiri feum dhomh gun teagamh sam bith.'

''S e Baraball a spìon na luibhean, a dhuin' uasail. B' i mo mhàthair nach maireann a theagaisg dhuinn dè na luibhean a bhiodh èifeachdach mar leigheas.'

'Tha Baraball fiosrach, ma-thà,' fhreagair Teàrlach, a' toirt sùil air an t-searbhanta. 'Dh'fheumadh eòlas a bhith agad air na luibhean leighiseach agus air na luibhean puinnseanach.'

Thàinig rudhadh gu gruaidhean Barabaill. 'Tapadh leibhse, ach dh'ionnsaich a' Bh-Uas Syme nach maireann dhomh gum bu chòir dhomh leigheas sam bith a thoirt dhan Urr Syme an toiseach, a dhèanamh cinnteach nach eil puinnsean ann mus toirinn dhan euslainteach e.'

Rinn Ualtar Syme, a bha air a bhith ag èisteachd gu dlùth ris a' chòmhradh seo, lasgan gàire. 'Agus 's ann dhutsa a bu chòir, a Bharaball! 'S ann dhutsa a bu chòir!'

Fhad 's a bha na fir ri mire, dh'fhàg Màiri agus Baraball na glainneachan agus am botal fìona air a' bhòrd agus ghabh iad an cothrom a bhith a' tarraing às an t-seòmar gu socair.

Lìon Ualtar na glainneachan. Thug e tè an urra do na fir agus thog e a' ghlainne aige fhèin 'Gu ma fada beò an rìgh!' ars esan.

Choimhead na Gòrdanaich air a chèile. 'An rìgh!' fhreagair iad.

'A dhaoin' uaisle,' ars Ualtar, 'tha seo na urram mòr dhomh. Cha tug mi aoigheachd riamh do dh'fhear de Ghòrdanaich Hunndaidh. Tha mi toilichte ur coinneachadh, a Mhorair Lewis. Nach suidh sibh sìos?'

Nuair a bha an triùir aca nan suidhe aig a' bhòrd, cha do chuir Teàrlach Gòrdanach dàil air mìneachadh a thoirt do dh'Ualtar air fàth an turais. 'A Mhaighstir,' ars esan ris a' mhinistear, 'bidh am Morair Lewis a' cumail cluas ri claisneachd airson naidheachd chudromach sam bith. Tha pìos naidheachd inntinneach aige a bu toigh leis innse dhuibh.' Thionndaidh e ris an fhear òg.

Ghnog Lewis a cheann. 'Am faod mi bruidhinn ribh gu dìreach air a' chuspair, a Mhaighstir Syme?'

'Faodaidh, gu dearbh,' fhreagair am ministear. Bha a ghnùis gun fhiamh a-nis, agus e ag èisteachd gu dlùth ris a' Ghòrdanach òg.

'O chionn seachdain, thàinig am Prionnsa Teàrlach Eideard Stiùbhart gu tìr an Èirisgeigh. 'S e a tha fa-near dha sealbh a ghabhail, mar thàinistear, air crùn athar, crùn Bhreatainn. Tha mi a' dol a thogail shaighdearan dhan arm aige bhon sgìre seo. Tha mi 'n dòchas gun toir sibh ur taic dhuinn.'

Cha do fhreagair Ualtar Syme airson treis. Bha coltais air gun robh e air chall na chuid smaointean.

'Chan eil fhios agam ciamar a chuidichinn sibh, a Mhorair Lewis, agus mise nam mhinistear na h-Eaglaise Stèidhichte. Agus, le spèis, bu toigh leam cur nur cuimhne gur gann gu bheil bliadhna air a dhol seachad on a chaill mi mo bhean. Tha mi fhathast ga caoidh.'

'Tuigidh mi sin, a Mhaighstir, agus cha bhithinn airson uallach a bharrachd a chur oirbh. Ach tha mi an dòchas gun taisbeanadh sibh do mhuinntir na sgìre seo gu bheil sibh den bheachd gur e Seumas Frangaidh Eideard Stiùbhart rìgh dligheach crùn Bhreatainn.'

Cha tuirt Ualtar facal. Bha e a' coimhead air an làr.

Lean am Morair Lewis air adhart. 'Bidh eòlas agaibh air an sgeul, mar a thug buidheann de dh'àrd-uaislean Sasannach cuireadh do dh'Uilleam Orains sealbh a ghabhail air a' chrùn. Chuir iad teicheadh air an Rìgh Seumas, athair Sheumais Fhrangaidh Eideird. Bha aige ri dhol dhan Fhraing cho luath 's a ghabhadh, esan a chaidh ungadh mar rìgh Bhreatainn agus na h-Èireann ann an sealladh Dhè! Cha do leig e dheth an crùn idir. 'S ann le foill a chuir na h-uachdarain e às a dhreuchd rìoghail 's a thilg iad a-mach e. On toiseach, rinn Uilleam tàir air na h-Albannaich, gu h-àraidh air muinntir na Gàidhealtachd. An uair sin, spàrr na Sasannaich am pòitear Gearmailteach sin oirnn mar ar rìgh... na h-urracha-mòra ann an Lunnainn, dè an gnothach a th' aca rinne ann an Alba? Cha leig mi leas a ràdh nach eil Alba, taing do dh'Achd an Aonaidh, ach mar mhòr-roinn de Shasainn. Tha an t-àm ann a' chuing ud a thilgeil far ar muineal!'

Thog Teàrlach Gòrdanach a làmh gus casg a chur air briathran sgaiteach, geura an fhir òig. 'A Mhaighstir Syme,' thuirt e gu socair, 'chan urrainn e a bhith gu bheil iarrtas a' Mhorair Lewis a' cur iongnadh oirbh. Chuala mi gun do chuireadh ur n-athair-chèile, an t-Urr Seumas Gòrdanach, às a dhreuchd mar mhinistear Rìoghnaidh ann an seachd ceud deug 's a sia-deug air sàillibh 's gun robh e na Sheumasach. Agus nach e an fhìrinn a th' ann gun deach ceathrar de na sia ministearan deug ann an Clèir Àfaird a chur à dreuchd air an aon adhbhar?'

''S e Seumasach, mar a thuirt sibh, a bha nam athair-chèile,' fhreagair Ualtar. 'B' e duine daingeann a bh' ann, gun teagamh. Agus 's e an fhìrinn a th' agaibh mu na ministearan ann an Clèir Àfaird, ged a tha mi 'n dùil gun robh taobh aig a' cheathrar ud dhan Eaglais Easbaigich – bha iad nan *non-jurors*,* chanainn-sa.

Ann an aon fhacal, nan Seumasaich. Ach chan eil fhios agam dè bu chòir dhomh a dhèanamh no dè an fhreagairt a bheirinn do dh'iarrtas a' Mhorair Lewis.'

'Chan eil feum air co-dhùnadh bhuaibh an-diugh, a Mhaighstir,' ars am Morair Lewis. 'Ach air mo shon-sa, is fheàrr dealas na deasbad agus tha mi nam chabhaig m' ùmhlachd fhèin a thoirt dhan a' Phrionnsa.'

'Tha agus mise,' thuirt Teàrlach Gòrdanach. 'Feumaidh sinn bratach rìoghail nan Stiùbhartach a thogail ris a' chrann. Feumaidh sinn an Taghadair Hanòbharach suarach ud a chur air fògairt.'

'Gu dearbh,' fhreagair Ualtar le casad beag. 'Ach bitheadh cuimhne agaibh gur e ministear a th' annam, duine le Dia, ge bith dè mo smuaintean pearsanta mu chrùn Bhreatainn. Bidh mi ri ùrnaigh, ge-tà, ag iarraidh toil an Tighearna.'

'Tha mi 'n dòchas gum bi, a Mhaighstir,' ars am fear òg. 'Tha mi cinnteach gum bi grunn math dhaoine bhon sgìre seo nan seasamh gualann ri gualainn còmhla rium.'

Bha sàmhchair mhì-chofhurtail ann airson greis mus do dh'èirich an triùir air an casan. Chrom iad an ceann ri chèile.

'Feasgar math dhuibh le chèile,' thuirt Ualtar gu sòlaimte. 'Beannachd leibh gus an coinnich sinn a-rithist.'

---

*non-jurors – na pearsachan-eaglais nach cuireadh an ainmean ri bòid dìlseachd dhan Rìgh Uilleam agus dhan Bhanrigh Màiri agus do na rìghrean a lean orra an dèidh a' *Ghlorious Revolution* ann an 1688.

2

Earrannan à Pàipearan an Urr Ualtair Syme

Earrann à *Eaglais an Naoimh Neachtain*

FO BHUAIDH NAN Draoidhean, rinn tùsanaich Thulach Neasail cearcall de chlachan mòra airson an adhradh pàganach a chuartachadh. Anns a' chearcall, bhiodh aon chlach mhòr aca na laighe air a cliathaich ris an canadh iad a' chlach-sleuchdaidh. Bha fear de na cearcaill sin air an tulach ghorm faisg air comar an dà uillt anns a' ghleann.

Ann an coileanadh na h-aimsir, ge-tà, nochd Neachtan còir, fear de na Cruithnich a bha àrd, dreachmhor, fear aig an robh aghaidh shuilbhir, thaitneach – agus nach b' esan a bha dealasach ann an obair an Tighearna! Thàinig aisling gu Neachtan anns an oidhche agus e na chadal anns a' chill aige ann an Nér air bruach Uisge Dheathain. Rinn e trasg fad dà latha. Bha e na chaithris agus ri ùrnaigh fad dà oidhche. An uair sin, dh'fhàg e Nér air madainn shoilleir ged nach robh e buileach cinnteach dè an ceann-uidhe a bhiodh aige.

Aig an àm ud, bha an dùthaich mar fhàsach, gun slighe thèarainte idir, ach chùm Neachtan air gu daingeann tro na coilltean tiugha dorcha air bruach na h-aibhne. 'S e an Tighearna fhèin a threòraich e agus a dhìon e bho ionnsaighean nam fiadh-bheathaichean a bha iomadach uair airson a sgrios.

Fhuair Neachtan lorg air allt brèagha a bha a' sruthadh a-steach do dh'Uisge Dheathain agus lean e e, a' sreap suas a-steach do ghleann uaigneach. Nuair a ràinig e an tulach gorm, bha fhios aige anns a' bhad gum b' e seo an t-àite ceart, àite na h-aisling aige. Bha mìle eun a' ceilearadh gu binn dha; bha geugan nan craobhan fhèin a' lùbadh sìos dha ionnsaigh mar gun robh iad a' cur fàilte air ged nach robh duine sam bith ri fhaicinn.

Chòrd an t-àite gu mòr ri Neachtan ach bha a chridhe goirt nuair a sheas e ann am meadhan cearcall clachan nan Draoidhean – bha fhios aige gun robh na daoine seo fo sgàile a' bhàis, air chall nam pàganachd. Chuir e a bhachall agus fhallaing sìos air an talamh agus thòisich e air salm a sheinn. Bha guth cumhachdach aige a chluinnte gu soilleir air astar mìle air falbh nuair a thogadh e an-àird e gus an Cruthaidhear a mholadh.

Mar a bha e an dùil, cha robh Neachtan na aonar anns a' ghleann bhòidheach, ghorm. Bha muinntir na sgìre air a bhith a' gabhail beachd air, agus iad am falach fo na craobhan. Chuala iad an ceòl mìorbhaileach agus, ged nach do thuig iad na facail Laidinn, dh'àrdaicheadh an anman agus leaghadh an cridhe ann an dòigh nach robh iad air fhaireachdainn a-riamh roimhe. Thàinig na daoine am follais, fir agus mnathan, gus an robh iad ag iadhadh Neachtain. Chaidh cuid dhiubh sìos air an glùinean.

Nuair a chuir Neachtan crìoch air an t-salm, thòisich e air bruidhinn riutha mu ghràdh agus fulangas Ìosa Crìosd, Mac Dhè, Prionnsa na Sìthe. An dèidh sin, rinn e iomadach mìorbhail am fianais an t-sluaigh, leighis e an tinneasan agus thug e cofhurtachd do luchd a' chridhe bhriste.

Mar a bhiodh dùil, chuir sagartan nan Draoidhean na aghaidh gu cumhachdach leis gach innleachd charach agus cleas, ach cha b' fhada gus an tug Neachtan a' bhuille-bhàis dhan t-saobh-chreideamh aca. Bhris muinntir na sgìre clachan nan Draoidhean agus thog iad eaglais far an dèanadh iad adhradh dhan t-Slànaighear agus an toireadh iad a' ghlòir a bha cubhaidh da ainm.

Anns na linntean a lean, nuair a bha Coinneach MacAilpein na rìgh, nochd manaich bhon àird an iar a' toirt leotha cànan is cùltar nan Gàidheal. B' ann mun àm ud a thug na daoine Tulach Neasail mar ainm dhan chnoc ghorm leis an eaglais air a' mhullach.

***

Earrann à *Aithris air Eaglais agus Mansa Thulach Neasail do Chlèir Àfaird, Fèill Mhàrtainn 1742*

Bha mansa Thulach Neasail air ath-thogail, gu ìre mhòir, ann an 1726 mar thoradh air fialaidheachd nan oighreachan. Chan eil e na iongnadh, a-rèist, gu bheil an togalach ann an staid mòran nas fheàrr na an eaglais a chaidh a thogail còrr is ceud bliadhna roimhe. Tha clachaireachd, uinneagan agus tughadh a' mhansa ann an deagh òrdugh agus dìonach. An taobh a-staigh a' mhansa, tha e cofhurtail agus rùmail gu leòr airson teaghlach a' mhinisteir, còignear a-nis on a chaidh a mhac dhan oilthigh, agus na searbhanta aca.

Fo stiùireadh Ealasaid Syme, bean a' mhinisteir, tha a' ghlìb a' toirt a-mach toradh math de choirce, uinneanan, currain, currain gheal, creamh, creamh-gàrraidh agus snèapan: tha biadh gu lèor ann do theaghlach a' mhansa agus an còrr ri reic, no ri thoirt seachad do mhuinntir bhochd na paraiste. Tha lios-luibhean ann, far am bi bean a' mhinisteir a' cur slàn-lus, ròs-Moire, lus an rìgh, lus na Frainge, burmaid agus bailm. A thuilleadh air sin, tha cuach Phàdraig ri fhaighinn air na ceuman air feadh na glìbe agus lus chneas Chù-Chulainn agus pionnt a' fàs gu pailt air an talamh ìosal bhog faisg air Allt Suidhe. 'S ann leis na lusan seo agus le luibhean tiormaichte a bhios Ealasaid Syme a' dèanamh nan cungaidhean-leighis a tha cho feumail dhan a h-uile duine anns an sgìre. A bharrachd air sin, tha an lios-luibhean a' còrdadh ris na seilleanan beaga a tha a' gabhail còmhnaidh ann an trì beachlannan aig ceann shuas na glìbe, far a bheil preasan de sgìtheach-dubh agus de dh'aiteann a' toirt fasgadh dhaibh.

3

Ealasaid Syme

B' E CALL UABHASACH a bha ann dhan Urr Ualtar Syme nuair a chaochail Ealasaid, a bhean ghràdhaichte. Cha b' e a-mhàin gun robh gaol mòr aige oirre ach gun robh i air taic air leth math a thoirt dha mar chompanach agus mar chomhairliche, a' giùlan còmhla ris nan uallaichean a thigeadh an cois na dreuchd aige. Bha i air còignear de theaghlach a bhreith, foghlam a thoirt dhan dithis nighean a bu shine, dachaigh chofhurtail a dhèanamh dhaibh uile agus stiùireadh a thoirt dhan t-seann chàraid Uilleam MacLabhrainn agus Peigi, a bhean, na seirbheisich a bha ag àiteachadh na glìbe.

Nuair a bha Ealasaid air innse do dh'Ualtar gun robh i trom a-rithist, bha e air a bhith air a dhòigh glan, ged nach robh dùil air a bhith aige ris a leithid de naidheachd idir: bha iad air a bhith pòsta fad còrr is dà air fhichead bliadhna agus bha Mairead, an nighean a b' òige aca, dà bhliadhna dheug a dh'aois.

Cha robh Ealasaid fada ri a saothair, nuair a thàinig an t-àm, agus cha robh cus duilgheadais ann nuair a rugadh an tè bheag bhòidheach aca. Taobh a-staigh mìos, ge-tà, bha casan Ealasaid air at gu dona – bha coltas ann gun robh an *dropsy* oirre. Chuir iad fios air boireannach anns an sgìre aig an robh cìocharan agus thug ise bainne broillich do dh'Iseabail bhig.

Bha Leadaidh Mairead Ghòrdanach Thìr Preasaidh air eòlas fhaighinn air an t-suidheachadh agus fios a chur air lighiche à Hunndaidh a thigeadh gus sgrùdadh a dhèanamh air Ealasaid. Thug esan fuil aiste agus purgaid dhi ach cha do rinn na ro-innleachdan seo mòran feum do bhean a' mhinisteir – leis an fhìrinn innse, bha i na bu sgìthe buileach às an dèidh. Le seòladh Ealasaid fhèin, bha Ualtar air cungaidh-leighis a dhèanamh bho luibhean às a' ghlìb – dearcan aitinn agus lus an rìgh. An uair sin, rinn e deoch dhi le luibhean tioram, duilleagan meuran-nan-cailleachan-marbha nam measg. Thug an stuth seo cur a-mach oirre.

On toiseach bha Ualtar air a bhith ag ùrnaigh gun stad gun leighiseadh an Tighearna a bhean, nam biodh sin a rèir A thoil-san. Ach bha e follaiseach gun robh i a' dol bhuaithe mar a chaidh na làithean seachad. Cha mhòr nach do bhris e a chridhe nuair a chaochail i.

Is iomadach uair a bha Ualtar air bàs agus call fhiosrachadh, an dà chuid na bheatha fhèin agus anns an sgìre. Bha e air a mhac, Uilleam, a chall nuair nach robh ann ach leanabh beag, agus an uair sin athair fhèin agus a mhàthair. Bha e air a bhith na mhinistear fad còrr is fichead bliadhna agus air cofhurtachd a thoirt do luchd a' bhròin na paraiste uair is uair. A-nis bha aige ris na rannan a labhair e riutha a thoirt gu chuimhne agus grèim teann a ghabhail orra: aig gach nì tha tràth, agus àm aig gach rùn fo nèamh, àm airson breith agus àm airson bàs fhaighinn; agus gun tuirt Ìosa, 'Is mise an aiseirigh agus a bheatha, an tì a chreideas annamsa, ged a gheibheadh e bàs, bidh e beò'.

Rinn e a dhìcheall a bhith na eisimpleir Crìosdail dhan dithis nighean a bu shine. Bha iad air am màthair a chall, an tè ris an robh iad air amharc suas le gràdh agus le spèis, an tè dhan robh iad air an iomagain innse, an cridhe fhosgladh. Bha na nigheanan feumach air taic agus ath-mhisneachadh agus bha fhios aige gum feumadh e a bhith làidir na ghiùlan agus na chainnt, ged nach b' ann mar sin a bha e a' faireachdainn idir nuair a thàinig na gathannan muladach air.

Bha e na chuideachadh dha gun robh e trang le obair na h-eaglaise: a h-uile seachdain bhiodh searmon agus òraid rin deasachadh mus cuartaicheadh e an t-seirbheis-adhraidh air Là na Sàbaid; bhiodh obair a' cheisteir aige ri dhèanamh, a' dearbhadh eòlas muinntir na sgìre air Leabhar Aithghearr nan Ceist; bha e dìleas ann a bhith na aoghair dhaibhsan a bha tinn no fo bhròn; agus bha e na mhodaràtair os cionn an t-Seisein nuair a bhiodh e ga chumail gach cola-deug, a' deasbad agus a' cur an òrdugh gnothaichean cudromach na paraiste.

Chaidh na seachdainean, na mìosan agus na ràithean seachad. Am foghar. An geamhradh. An t-earrach. An samhradh. Thàinig an latha nuair a sheas Ualtar ag ùrnaigh ri taobh uaigh Ealasaid, bliadhna on latha air an d' fhuair i bàs.

Ma dh'fhaodte gun robh na gathan a bu gheura air a dhol seachad.

4

Lasair na Coinnle

Mansa Thulach Neasail,
20mh den t-Sultain 1745

GED A BHA Ualtar a' strì ri bròn air an taobh a-staigh, aig an aon àm bha e taingeil airson na taice a bha e a' faighinn bho a theaghlach agus a choimhearsnachd. Bha e mothachail gun robh Baraball Calder, an t-searbhanta aig a' mhansa, air a bhith air leth cuideachail dhan teaghlach on a chaochail a bhean. Gun fhuaim gun othail, bha am boireannach òg, a bha air tighinn a dh'obair aig a' mhansa o chionn trì bliadhna, air a' chuid a bu mhotha de dh'obair làitheil an taighe a ghabhail os làimh. Uair is uair, bha i air a dearbhadh fhèin mar thè chiallach, chomasach. Agus, an dèidh dol fodha na grèine, nuair a bha na nigheanan air a dhol dhan leapannan agus a bha Ualtar a' rannsachadh nan Sgriobtairean aig an deasg, a' deasachadh an t-searmoin aige, bhiodh Baraball a' tighinn a-steach dhan t-seòmar-shuidhe air a socair a dhèanamh fuaigheal ann an solas an teine.

Ged a bha companas Barabaill na chofurtachd do dh'Ualtar, thàinig an oidhche nuair a thuirt e rithe, 'A Bharaball, tha thu còir ann a bhith nad shuidhe còmhla rium mar chompanach dhomh. Còir an da-rìribh. Ach bidh feum agad air cadal. Bidh tu sgìth.'

'Tapadh leibh, a Mhaighstir,' fhreagair ise. 'Ach tha mi buailteach a bhith trang tron latha. Tha cothrom agam aig an àm seo, aig deireadh an latha, crìoch a chur air an fhuaigheal agam.'

Shocraich Ualtar e fhèin anns a' chathair aige agus choimhead e air Baraball. 'Mas math mo chuimhne,' ars esan, 'thàinig thu chun a' mhansa seo bho Àfard an dèidh bàs piuthar do mhàthar.'

'Tha ur cuimhne ceart, a Mhaighstir,' fhreagair i le faite-gàire.

'Ach 's e àite sìtheil a tha ann an Tulach Neasail,' ars Ualtar. 'Nach eil ar dòigh-beatha an seo ro shàmhach dhut?'

'Tha e a' còrdadh rium, a Mhaighstir,' fhreagair Baraball.

'Gabh mo leisgeul 'son faighneachd, ach nach eil leannan agad, fear òg a tha a' dèanamh suirghe ort?'

Chuir Baraball an obair-làimhe aice an dàrna taobh. Shuidh i na tost fad greiseag, a ceann crom gus nach fhaiceadh Ualtar an rudhadh gruaidhe a bha oirre.

'Bha leannan agam, a Mhaighstir,' thuirt i, 'ann an Àfard fhad 's a bha piuthar mo mhàthar fhathast beò. 'S e Daibhidh Laird an t-ainm a bh' air, mac tuathanaich. Bha mi an dùil gun robh sinn a' dol a phòsadh, ach thug e a chasan leis o chionn trì bliadhna gun fhacal a ràdh riumsa. Chan fhacas a ghuth no a dhath on uair sin. Chan eil fhios agam a bheil e beò no marbh. Thug mi mo ghaol dha agus 'n uair sin bha agam ris an cupa searbh òl.'

Bha sàmhchair dhomhainn ann mus do fhreagair Ualtar. 'Tuigidh mi sin, a Bharaball. Tuigidh mi cràdh a' chridhe bhriste. Nach tu a tha dìreach, nach tu a tha onarach ann a bhith a' bruidhinn rium air cuspair cho pearsanta dhut. Is cinnteach nach robh e furasta dhut idir. Tapadh leat.'

Cha tuirt Baraball facal.

'Tha mi duilich ma chuir mi dragh ort leis na ceistean agam. Ach bidh feum agad air tàmh agus bu chòir dhomh a bhith a' dùnadh nan leabhraichean agam. Beannachd leat.'

Dh'èirich Ualtar air a chasan fhad 's a bha Baraball a' sgioblachadh a h-obrach mus fhalbhadh i.

Chuir Ualtar na leabhraichean air ais air an sgeilp agus shuidh e sìos a-rithist na chathair.

An ceann leth uair a thìde bha e na shuidhe ann fhathast a' sealltainn air lasair na coinnle.

5

Ciad Litir Fear Thìr Preasaidh

Eaglais Thulach Neasail,
8mh den Dàmhair 1745

SHUIDH UALTAR SYME sìos anns a' chùbaid an dèidh dha crìoch a chur air an t-searmon. Bha e na fhaothachadh dha anail a tharraing fhad 's a bha am fear togail-an-fhuinn a' cur a-mach an loidhne airson an t-sailm.

Bu mhòr an obair a rinn Ualtar a h-uile seachdain a' deasachadh nan nithean a bha riatanach airson Là na Sàbaid. A' mhadainn seo, bha e air òraid a thoirt seachad air Leabhar Mhicah mus do rinn e na h-eadar-ghuidhean. An uair sin bha e air cosamhlachd a' Mhic-Stròdhail ann an Soisgeul Lùcais a leughadh dhan choithional. B' e an ceann-teagaisg aige: 'ach, fhad 's a bha e fhathast fada bhuaithe, chunnaic athair e agus ghabh e truas dheth.' Nuair a shuidh Ualtar sìos, bha e air a bhith a' bruidhinn gun stad fad uair a thìde, cha mhòr. Bha e sgìth ach b' i sgìths a bha ann ris an do ghabh e gu toilichte.

B' ann à Siorrachd Bhainbh a bha Ualtar, a' chiad mhac do dh'Alasdair Syme, a bha na mhaighstir-sgoile anns a' bhaile fhèin, agus da bhean Iseabail. Dh'fhàg Ualtar Banbh aig aois ceithir bliadhna deug a dhol a Cholaiste an Rìgh ann an Obar Dheathain far an tug e a-mach ceum *Magister Artium* ann an 1712. Bha e fichead bliadhna a dh'aois. Mar iomadh fear eile a bha dealasach air a' mhinistrealachd, dh'fheumadh e feitheamh gu foighidneach gus am biodh cothrom aige: dh'fheumadh cead na Clèire agus gairm gu eaglais anns an sgìre a bhith aige. Fhuair e cosnadh mar am maighstir-sgoile ann an Àfard fad grunn bhliadhnaichean mus deach a shuidheachadh ann an 1722 mar mhinistear paraiste Thulach Neasail.

Coltach ris a' mhòr-chuid de na h-eaglaisean ann an Clèir Àfaird, b' e togalach sìmplidh, ceart-cheàrnach a bha ann an Eaglais Thulach Neasail, tughta le sgrathan agus le fraoch ged a bha a' chlachaireachd snasail – gu h-àraidh an cot cluig anns a' mhodh Fhrangach. Taobh a-staigh, bha cùbaid ann am meadhan a' bhalla gu deas, agus àite an fhir thogail-an-fhuinn foidhpe. Mu choinneamh na cùbaid, bha suidheachan ann airson oighreachan na sgìre – Gòrdanaich Thìr Preasaidh agus Foirbeis-Leith Whitehaugh. Agus ged a bha na Gòrdanaich nan Caitligich daingeann, bha iad gu math riaghailteach ann a bhith a' frithealadh nan seirbhisean Clèireach a chuartaich Ualtar.

Aig toiseach na seirbheis, bha e air a bhith toilichte mnathan agus clann nan teaghlaichean sin fhaicinn ged a mhothaich e nach robh na fir, Tèarlach Gòrdanach agus Iain Foirbeis-Leith, an làthair. Bha Leadaidh Mairead Ghòrdanach Thìr Preasaidh ann, ge-tà, boireannach àrd, caol, uasal, le currac a' còmhdachadh a cinn lèithe. Nan suidhe còmhla rithe, bha an triùir nighean aice – cha robh an tè a b' òige, Eilidh, ach còig bliadhna a dh'aois. Bha fiamh air gnùis Mairead Ghòrdanaich a' mhadainn àraidh seo, mar gun robh rud air choreigin ga buaireadh. Aig crìoch na seirbheis, fhad 's a bha Ualtar a' beannachadh an latha do mhuinntir a' choitheanail aig doras na h-eaglaise, bha e follaiseach dha gun robh i airson facal fhaighinn air.

Thug Mairead Ghòrdanach sùil thar a gualainn mus tuirt i ann an guth ìosal, 'Saoil am biodh sibh cho math 's gun tadhladh sibh orm feasgar, a Mhaighstir. Fhuair mi fios bho Dhùn Èideann.'

Chrom Ualtar a cheann rithe gun fhacal a bharrachd a ràdh ach cho luath 's a bha e air biadh a ghabhail aig uair feasgar, thug e an rathad gu Caisteal Thìr Preasaidh air. Bha e gu math eòlach air an fhrith-rathad ri taobh Allt Esset a' dol suas do Mhonadh Choir' Eun. Cha robh àite ann a bu mhotha a chòrd ris – bu tric a fhuair e toileachas-inntinn bho bhith ag èisteachd ris an allt a' torman gu ceòlmhor fo sgàil na doire air a' bhruthach ris an canadh muinntir na sgìre 'Bruthach nan Smeòrach'. Taobh a-staigh leth uair a thìde, a' gabhail air a shocair, bha e a' faighinn plathadh de na steapaichean-feannaig grinn air ceann-taighe a' chaisteil tro na craobhan.

Nuair a ràinig Ualtar an caisteal, chaidh e dhan a' chiad staidhre an-àird agus ghnog e air an doras. Dh'fhosgail seirbheiseach an doras dha agus thug e Ualtar dhan talla mhòr, seòmar farsaing, spaideil làn de dh'àirneis ghrinn agus le grèis-bhratan a' sgeadachadh nam ballachan. Bha Mairead Ghòrdanach anns an talla,

na suidhe ri taobh na h-uinneige. Nuair a chunnaic i
am ministear, chuir i fàilte bhlàth air agus dh'iarr i air
tè de na searbhantan cupan teatha a dhèanamh.

Bha Ualtar agus Mairead Ghòrdanach cofhurtail
ann an cuideachd a chèile. Ged a bha iad nam buill
de dh'Eaglaisean nach robh air an aon ghleus idir,
rugadh agus thogadh an dithis aca ann an Siorrachd
Bhainbh ann am bailtean beaga nach robh ach astar
deich mìltean air falbh o chèile. Ged a bha Mairead
bliadhna no dhà na b' òige na Ualtar bha iad eòlach
air na h-aon teaghlaichean a bha a' fuireach timcheall
baile Bhainbh agus bha an aon bhlas air an cainnt.

Thug Mairead cuireadh do dh'Ualtar sùil a thoirt
air an litir a bha air a' bhòrd fhad 's a bha an teatha
a' tarraing ann an soitheach airgid fìnealta.

Thog e an litir. 'S e ainm Mairead sgrìobhte air an
litir a' chiad rud a chunnaic e. Thug e sùil air Mairead.
Ghnog ise a ceann agus thòisich e air a leughadh.

A ghaoil mo chridhe,
  Tha mi an dòchas gum faigh thu an litir
seo bho làimh ar fir-dhàimh gun cus dàlach
anns a' chùis agus gun toir i fois-inntinn dhut.
Ràinig mise agus Seumas Dùn Èideann air an
28mh den t-Sultain. Bha am Prionnsa agus an
t-arm Gàidhealach air am baile-mòr a ruigsinn
air an 17mh agus, cho luath 's a nochd iad,
theich an Seanalair Guest agus a shaighdearan
Hanòbharach a-steach dhan chaisteal. Ghèill
am pròbhaist agus saoranaich a' bhaile dhan
Phrionnsa agus ghabh na Seumasaich sealbh air
Dùn Èideann ann an ainm an Rìgh Sheumais

*a h-Ochd. Cha robh dòrtadh fala sam bith
ann agus, a rèir na chuala mise, tha giùlan
nan saighdearan Gàidhealach air a bhith air
leth modhail, agus fhios aca gur e seo toil
a' Phrionnsa.*

*Air an 21mh, ann am briseadh na fàire,
choinnich arm a' Phrionnsa ri feachd an
t-Seanaileir Chope air a' bhlàr anns an àite ris an
canar Sliabh a' Chlamhain, an ear air a' bhaile-
mhòr. Bha campa nan Hanòbharach air an
fhaiche an sin, air a dhìon le boglach fharsaing
chun na h-àird a deas. Cha robh sinne air ar
n-armachadh cho math 's a bha an taobh eile
ach b' ann againne a bha an seanailear seòlta,
am Morair Seòras Moireach, agus comhairle bho
fhear a bhuineadh dhan sgìre agus a bha eòlach
air slighe chumhaing ach sheasmhaich a' dol tron
bhoglaich. Chuir ionnsaigh luath nan Gàidheal
clisgeadh air na Còtaichean Dearga agus theich
iad. B' i ruaig a bha ann – cha do mhair a' mhire-
chath ach leth uair a thìde. Bha ar nàimhdean
a' ruith mar mholl ron a' ghaoith ged a ghlacadh
mòran dhiubh mar phrìosanaich a thuilleadh air
an fheadhainn a bha leònta. Thug am Prionnsa
àithne do na saighdearan gum feumte daonnachd
a nochdadh do na leòntaich seo agus an lotan a
cheangal suas. Thuirt e gum b' iadsan ìochdarain
athar, an Rìgh Seumas.*

*Bha Alba a-nis fo shròl a' Phrionnsa.
Madainn Diciadain, an t-seachdain sa chaidh,
chuir am Prionnsa Teàrlach fàilte orm fhìn agus
air a' Mhorair Lewis ann an seòmar spaideil
ann an Lùchairt an Ròid. 'S e fear rìoghail a
tha ann – àrd, uasal agus cho bòidheach ri*

Absalom. Bha còta goirid agus briogais de bhreacan uime, bonaid ghorm air a phioraraig. Thug mi an aire gun robh bonn òir Òrdugh a' Chluarain na chrochadh bho liopaid a' chòta air ribean uaine – na chomharradh air meas athar. Nam faiceadh tu e, a Mhairead, dh'aidicheadh tu gu bheil e airidh anns a h-uile dòigh air ar spèis agus ar dìlseachd.

Cha leig mi leas a ràdh gun tug sinn ar n-ùmhlachd dha mar thàinistear an àite athar ann an Alba. Rinn am Prionnsa Leifteanant Siorrachd Obar Dheathain agus Siorrachd Bhainbh den Mhorar Lewis. Bidh esan a' tilleadh do na sgìrean mun ear-thuath an ceann greis chum saighdearan a thogail gu cogadh an taobh nan Seumasach. Anns an eadar-àm, bidh e na bhall de chomhairle a' Phrionnsa agus bidh e a' coinneachadh ris na seanailearan agus na h-uaislean gach madainn ann an Lùchairt an Ròid.

Bidh mise agus Seumas air ar gabhail a-steach ann an còmhlan saighdearan Iain Gòrdanach Ghleann Buichead. Ràinig esan Dùn Èideann o chionn ghoirid còmhla ri trì cheud fear à Siorrachd Obar Dheathain.

Cha chan mi an còrr mu na tha air thoiseach oirnn. Tuigidh tu sin, tha mi cinnteach. Ach biodh deagh mhisneachd agad, a ghràidh. Tillidh sinn!

An duine agad,
Teàrlach

Phaisg Ualtar an litir agus chuir e sìos air a' bhòrd i. 'Dè ur beachd air an litir?' dh'fhaighnich Mairead dheth gu h-iomagaineach.

'Chan eil mi buileach cinnteach,' fhreagair Ualtar. 'Chuala mi an naidheachd gun robh na Seumasaich air sealbh a ghabhail air Dùn Èideann agus gun robh iad air an ruaig a chur air arm an t-Seanaileir Chope. Ach dè thachras a-nis? Chanainn-sa gum bi sùil agus ceum a' Phrionnsa Theàrlaich air Sasainn cho luath 's a tha gach nì socraichte ann an Dùn Èideann. Tha e airson Crùn Bhreatainn a thoirt air ais da athair gun dàil ach cha dèan e sin gun a bhith a' dol a Lunnainn agus a' cur a' phrìomh bhaile fo a smachd. Ach ciamar a nì e sin leis an àireamh de shaighdearan a thogadh ann an Alba gu ruige seo?

'Cha tug na h-uimhir de na fineachan taic do na Seumasaich an turas seo, bu lugha na an dàrna leth dhiubh, a dh'aindeoin cumhachd na h-Eaglais Easbaigich anns na sgìrean Gàidhealach. Thathar ag ràdh gu bheil còrr is 20,000 fear-cogaidh aig na fineachan uile gu lèir ach cha do chruinnich ach 5,000, aig a' char a bu mhotha, ann an Dùn Èideann. Agus cha leig mi leas a ràdh nach fhaigh am Prionnsa fàilte chridheil bho na Cuigsich ann an Dùn Èideann agus ann an Glaschu. Gu dearbh, cuiridh iad na aghaidh gach cothrom a gheibh iad.

'Ged a tha a' mhòr-chuid de na saighdearan Hanòbharach air tìr-mòr na Roinn Eòrpa an-dràsta, tha feachd mòr aca agus dh'fheumadh Teàrlach Eideard Stiùbhart mìltean a chur ris an arm Sheumasach mus seasadh e nan aghaidh air blàr a' chogaidh. Bidh e an dòchas gun teich àireamh mhòr de Sheumasaich Shasannach gu a bhrataich agus gun tig iomadh bratàillean bhon Fhraing.'

'A bheil àireamh mhòr de Sheumasaich ann taobh a-muigh na Gàidhealtachd?' dh'fhaighnich Mairead.

'Thathar ag ràdh gu bheil, fiù 's ann an Lunnainn fhèin, ach nuair a thig e gu aon 's gu dhà…' Rinn Ualtar crathadh guailne. 'Tha fhios agam gu bheil na Tòraidhean agus cuid de na h-uaislean ann an Sasainn air a bhith anfhoiseil fo riaghailt Sheòrais a Dhà, agus ma dh'fhaodte gun toireadh iad an taic do dh'adhbhar nan Seumasach. Tha iad den bheachd gu bheil an rìgh ro dhèidheil air Hanòbhar agus 's dòcha gu bheil iad ceart. Tha diomb orra a chionn 's gu bheil cist-ionmhais Shasainn a' pàigheadh tuarastal an airm fhad 's a tha a' mhòr-chuid de na rèisimeidean a' seasamh còraichean Àrd-Bhan-Diùc Maria Theresa na h-Ostair. Ach tha na h-uaislean ud air fàs gu bhith gu math cofhurtail on a chrùnadh Seòras a Dhà. Am bi iad deònach an cofhurtachd a chur ann an cunnart air sgàth Theàrlaich Eideird Stiùbhairt? Chan eil fhios agam. Chì sinn dè thachras.

'A thaobh nam Frangach, cha bhithinn a' cur earbsa annta, tha mi duilich a ràdh. Bhiodh iad air an dòigh na Sasannaich a shàrachadh, gun teagamh, ach tha an t-arm Frangach an sàs gu mòr ann a bhith a' cogadh an aghaidh an airm Bhreatannaich ann am Flanders. Agus smaoinich air na thachair anns na linntean a dh'fhalbh – cha tug iad an taic ris an robh an Rìgh Seumas a Ceithir an dùil 's an dòchas ro Bhlàr Flodden.'

Bha Mairead Ghòrdanach na tost, a' meòrachadh air faclan a' mhinisteir.

'Tha sinn beò ann an saoghal caochlaideach,

carraideach a Mhairead. Chan eil a-màireach air a ghealltainn dhuinn. Feumaidh sinn ar dòchas a chur anns an Tighearna, a' cumail air chuimhne gur ann na làmhan-sa a tha a h-uile càil. Agus bu chòir dhuinn a bhith taingeil gu bheil Teàrlach, Seumas agus am Mòrair Lewis slàn, sàbhailte gu ruige seo.'

'An dèanadh sibh ùrnaigh còmhla rium, a Mhaighstir?' dh'fhaighnich Mairead.

'Dhèanadh, gu dearbh, a Mhairead.'

Chrom iad an cinn.

6

Diùc Chumberland – Brabant, 1745

Sealladh a h-Aon
Brabant, 18mh den Dàmhair 1745

NA PEARSACHAN:
Am Prionnsa Uilleam Augustus, Diùc Chumberland,
mac an Rìgh Sheòrais a Dhà
An Còirneal Iòsaph Yorke, *Aide de Camp* an Diùc,
mac a' Mhorair Hardwicke
An Corpailear Iain MacThòmais, *batman* an Diùc

(Pùball faisg air Vilvoorde, Brabant. Tha ciste mhòr, deasg, leabaidh-champa, bòrd agus dà shèithear anns a' phùball. Tha solas a' tighinn bho choinnlean ann an coinnlear air a' bhòrd. Ann am meadhan a' phùbaill, tha Diùc Chumberland, ann an làn-èideadh an t-seanaileir, seacaid dhearg maisichte le snàth òir, na shuidhe aig a' bhòrd a' leughadh litir. Tha e fichead 's a ceithir bliadhna a dh'aois ach gu math tiugh mun mheadhan. Tha an Corpailear MacThòmais na shuidhe air bogsa ann an oisean a' phùbaill. Tha a mhuinchillean air an trusadh agus e a' cur gleans air botannan le brèid.)

DIÙC CHUMBERLAND *(a' gairm air a' Chorpailear)*: Thig an seo, a Chorpaileir.

(Tha an Corpailear a' cur nam botannan an dara taobh agus a' coiseachd dhan bhòrd gu slaodach, mar gu bheil druim goirt aige.)

DIÙC CHUMBERLAND: Seas gu dìreach, a dhuine! 'S e saighdear a tha annad, nach e?
(Tha an Corpailear a' seasamh gu dìreach anns a' bhad.)

DIÙC CHUMBERLAND: Càite a bheil an Còirneal Yorke?

AN CORPAILEAR MACTHÒMAIS: Cha chreid mi nach eil e anns a' phùball aige, ur Mòrachd.

DIÙC CHUMBERLAND: Tha mi ag iarraidh bruidhinn ris.

(Tha an Corpailear a' cromadh a chinn agus a' falbh. Taobh a-staigh mionaid, tha an Còirneal Yorke a' nochdadh, an Corpailear MacThòmais ceum air a chùlaibh. 'S e fear àrd, uasal a tha anns a' Chòirneal, car an aon aois ris an Diùc agus èideadh an oifigeir uime. Tha e a' tighinn chun a' bhùird agus a' cromadh a chinn a dh'ionnsaigh an Diùc. Tha an Corpailear a' tilleadh dhan bhogsa agus do na botannan.)

DIÙC CHUMBERLAND: Suidh sìos, Iòsaiph. Suidh sìos. Tha litir agam an seo bhon Mhorair Harrington.

Leughaidh mi na sgrìobh e – chan eil e fada idir. Bidh e a' còrdadh riut.

Tha e na thlachd dhomh a bhith ag innse dhuibh gu bheil an rìgh air aontachadh gum faod sibh tilleadh a Shasainn cho luath 's a tha ur saighdearan anns na cairtealan-geamhraidh aca. Tha an rìgh air long agus coimheadachd fhreagarrach a chur gu Willemstad agus bidh iad a' feitheamh oirbh an sin.

Dè do bheachd, Iòsaiph?

AN CÒIRNEAL YORKE: Deagh naidheachd, ur Mòrachd, gun teagamh.

DIÙC CHUMBERLAND: Bha fadachd orm gus an leughainn na faclan seo. Seo iad, mu dheireadh thall! Fad mhìosan a-nis, tha na Seumasaich mhallaichte ud air a bhith a' buaireadh an rìgh. Bidh e na urram dhomh, mar mhac dìleas, cur às dhaibh as leth an rìgh agus a rìoghachd. Chan eil mi an dùil gun toir an iomairt ùine mhòr agus tha fois-fhòirneirt ann an-dràsta air tìr-mòr na Roinn-Eòrpa – tha an t-arm Frangach a' faighinn tàmh a' gheamhraidh anns na cairtealan aca.

Chuala sinn uile na fathannan a' dol mun cuairt anns an Lùnastal gun robh Teàrlach Eideard Stiùbhart ann an Alba. Bhathar ag ràdh – iongantas nan iongantasan – gun robh e a' togail arm, feuch an glacadh e crùn m' athar! Agus tha fhios againn a-nis gun robh na fathannan fìor.

Mì-chiatach! Am brathadair! Ach 's e faoineas a tha ann. Dh'fheumte aideachadh gu bheil grunn Sheumasach ann fhathast ann an Alba ach ghabh a' mhòr-chuid de mhuinntir Shasainn an gnothach air bheag suim.

AN CÒIRNEAL YORKE: Thathar ag ràdh gu bheil Seumasaich ann an Sasainn fhathast, ach chan eil mi an dùil gum biodh iad a' com-pàirteachadh ann an ar-a-mach. Ma bha cothrom ann do na Seumasaich aig aon àm, chaidh e seachad o chionn fichead bliadhna air ais.

DIÙC CHUMBERLAND: Chaidh, gu dearbh. Ach dh'fheumadh cuimhne a bhith againn air na Frangaich. Bidh iad an sàs anns an iomairt Sheumasaich. Uill bha, an-uiridh, nuair a bha iad a' bagairt ionnsaigh a dhèanamh air cost a deas Shasainn. Chuir sin clisgeadh air mithean is maithean ar dùthcha! Bha fhios aig na Frangaich gun robh an t-arm Breatannach anns a' Bhrabant. Nach b' ann acasan a bha an cothrom Sasainn a chur fon spòig! Ach an uair sin, chog na reultan fhèin nan aghaidh. Shèid gèile bhon àird a tuath air na bàtaichean aca, gan cur air ais gu cladaichean Dhunkirk. Cò ris a bha iad an dùil anns a' Mhàrt? 'S e an rud a bu mhotha a chòrd rium gun robh an Stiùbhartach òg nan cuideachd agus gum faca e an dunaidh!

(Tha an Diùc a' gàireachdainn.)

DIÙC CHUMBERLAND: An toiseach, cha robh mi a' toirt

mòran feart dhan ar-a-mach ùr seo. Am faigheadh Tèarlach Stiùbhart agus gràisg Ghàidhealach de thrì mìle fear làmh-an-uachdair air feachdan mòra Bhreatainn? Chan fhaigheadh! Aig an àm, bha deich mìle saighdear Breatannach ann an Sasainn, a mhòr-cuid dhiubh mu thuath fon t-Seanailear Cope. Bha mi an dùil gum b' urrainn dhàsan stad a chur air na Seumasaich. Ach cha b' urrainn. Rinneadh sin follaiseach air Blàr Sliabh a' Chlamhain.

AN CÒIRNEAL YORKE: Gabhaibh mo leisgeul, ur Mòrachd, ach ged a tha Sir Iain Cope na sheanailear gu math fiosraichte tha e suas ann am bliadhnaichean.

DIÙC CHUMBERLAND: Tha. Dh'fheumte aideachadh gur e seann duine a tha ann ach b' e ruaig a bha ann am Blàr Sliabh a' Chlamhain, gun teagamh, agus bha Sir Iain a' teicheadh gu Berwick air muin eich mus tàinig crìoch air a' chasgradh! Tha mi an dùil gu bheil e air a nàrachadh a-nis. Ach thoir smaoin air na lean an call. Cha bu luaithe a chuala muinntir Shasainn mu dheidhinn na dhùisg iad às an cadal. Thàinig iad còmhla ri chèile mar aon duine, a' seasamh còraichean m' athar, a' cruinneachadh chath-bhuidhnean agus a' cur faobhar air an sgèinean. Agus fhad 's a bha seo a' tachairt, bha Teàrlach Eideard Stiùbhart cho làn fearais-mhòir an dèidh na buaidhe a bha ann gun robh e a' caitheamh ùine ann an Dùn Èideann.

AN CÒIRNEAL YORKE: Chuala mi gun robh e a' deasachadh airm ann an Dùn Èideann.

DIÙC CHUMBERLAND: Gòraiche! Chan e arm ceart a tha aige, mar a tha an t-arm Frangach mar eisimpleir. 'S e reubaltach agus brathadair a tha anns a h-uile saighdear Sheumasach. Sin as adhbhar nach bi Teàrlach Stiùbhart agus a ghràisg a' faighinn tròcair sam bith bhuamsa. Cha do phronnadh na Seumasaich fon chois an dèidh an ar-a-mach ann an 1715, ach an turas seo ...

(Tha an Diùc a' bualadh a bhasan ri chèile le brag.)

Tha sin gu leòr, Iòsaiph! Feumaidh mo sheirbheisich agus mo chòcaire dèanamh deiseil gu falbh. Cha bhi sinn a' gabhail tlachd ann an dìnnear mhòr a-nochd. Am biodh tu cho còir 's gun cuireadh tu fios thuca?

(Tha Iòsaph Yorke ag èirigh air a chasan, a' cromadh a chinn a dh'ionnsaigh an Diùc.)

AN CÒIRNEAL YORKE: Ur Mòrachd.

7

A' Tarraing an Stuic Chàil

Mansa Thulach Neasail,
Oidhche Shamhna, 31mh den Dàmhair 1745

AN DÈIDH DHAN teaghlach an dìnnear a ghabhail aig sia uairean feasgar, dh'fhan Màiri na suidhe aig a' bhòrd còmhla ri a h-athair fhad 's a bha Mairead agus Baraball a' sgioblachadh a' chidsin. Mus tilleadh a h-athair do na leabhraichean bha ceist aice dha – bha iarrtas sònraichte ann air a h-inntinn.

Nuair a nochd i anns a' chidsin an ceann còig mionaidean bha fiamh a ghàire air a h-aodann. 'Tha mi air bruidhinn ri ar n-athair,' thuirt i ri Mairead 'agus tha e den bheachd gum faod sinn ar n-aodach dubh a chur dhinn a-nis. Ged a bhios sinn a' caoidh ar màthar nar cridheachan, faodaidh sinn aodach dathach a chur oirnn ma thogras sinn. Cha chuir e diomb air.'

'Tapadh leat, a Mhàiri!' fhreagair Mairead. 'Is cinnteach nach cuireadh ar màthair nach maireann an aghaidh sin. Bidh sinn ga h-ionndrainn gu bràth ach tha còrr is bliadhna air a dhol seachad on a chaochail i.'

Bha Baraball ag èisteachd ris a' chòmhradh. 'Nam biodh nòisean agaibh de ghille anns a' choitheanal Là na Sàbaid, dh'fheumadh sibh aodach breàgha a chur umaibh gus aire a tharraing.'

'Bu toigh leam a bhith bòidheach san eaglais chum 's gum biodh m' athair moiteil asam,' arsa Mairead. 'Cha leiginn le gille sam bith tighinn faisg a mhìle orm!'

'Cha leigeadh no mise,' arsa Màiri, ged a bha fiamh a ghàire air a gnùis a-rithist. 'Nach tu a tha dàna, a Bharaball!'

'Ach is cinnteach gum bi sibh a' meòrachadh, bho àm gu àm, air cò ris a bhios an duine agaibh coltach nuair a phòsas sibh latha brèagha air choreigin. Bidh mise, co-dhiù.'

'Saoil am bi e coltach ris a' Mhorair Lewis Gòrdanach?' dh'fhaighnich Màiri le gàire.

'Cha robh mi ach ri fealla-dhà an latha ud,' fhreagair Baraball. 'Ach tha dòigh ann, a rèir na thuirt mo sheanmhair rium, a bhith a' faicinn ìomhaigh an duine a bhios agad, a bhith a' faighinn a-mach beagan mu dheidhinn. Tha seann chleachdadh ann, air Oidhche Shamhna, a bhith a' tarraing an stuic chàil an dèidh dol fodha na grèine.'

Ged a bha Mairead teagmhach, bha Baraball air ùidh Màiri a thogail.

''S ann mar seo a dhèanadh sibh e,' thuirt Baraball. 'Rachadh sibh a-mach dhan lios san dorchadas agus, gun a bhith a' coimhead sìos idir, smeuraicheadh sibh gus am faigheadh ur làmhan lorg air stoc càil. Spìonadh sibh às e agus bheireadh sibh leibh e air ais dhan taigh gus a sgrùdadh. Bidh coltas agus cumadh freumhan a' chàil ag innse dhuibh dè cho eireachdail, tapaidh, 's cho beartach a bhios an duine agaibh.'

'Chan eil mi airson sin a dhèanamh,' arsa Mairead. 'Ach cha chan mi facal ma nì an dithis agaibhse e.'

'Cha dèan e cron do dhuine sam bith, an dèan?' dh'fhaighnich Mairead.

'Cha dèan, idir,' fhreagair Baraball, a' crathadh a cinn. 'Bidh a' Bh-Uas Clerihew a' tighinn dhan taigh a dh'aithghearr a thoirt broilleach do dh'Iseabail. Innsidh sinn dhi gu bheil sinn a' dol dhan lios 'son treis a chionn 's gur i Oidhche Shamhna a th' ann. Cò aige a tha fios, 's dòcha gun do tharraing ise an stoc càil anns na làithean a dh'fhalbh feuch am faigheadh i a-mach cò ris am biodh Mgr Clerihew coltach. Ach, ma rinn, carson nach do theich i a Shasainn?!'

'Mo nàire ort, a Bharaball!' dh'èigh Mairead, ged nach b' urrainn dhan triùir aca stad a chur air an gàireachdainn.

Mar a bha dùil aca, nochd a' Bh-Uas Clerihew. Nuair a dh'innis na caileagan dhi gun robh iad a' dol a-mach dhan lios cha tuirt i càil ach 'Tha i cho dubh ris an t-suith agus tha uisge mìn ann. Chan fhaic sibh sìon.'

Bha i ceart, ach bha Mairead agus Baraball gu math eòlach air a' cheum dhan lios-chàil. Choisich iad an achlaisean a chèile air eagal gun tuislicheadh iad anns an dorchadas. Thog Màiri a' chiad chàl a thàinig na làimh. Rinn Baraball an aon rud agus thill iad dhan mhansa.

'Nach fàg sinn iad taobh a-muigh doras an taighe gus am falbh a' Bh-Uas Clerihew,' arsa Baraball. 'An uair sin, nì sinn sgrùdadh orra ann an solas na coinnle.'

Cho luath 's a bha a' Bh-Uas Clerihew air falbh, chaidh Mairead a choimhead air a h-athair, a dhèanamh cinnteach gun robh e trang leis na leabhraichean aige. Bha fhios aig an triùir aca gum biodh briseadh-dùil air a' mhinistear nam faigheadh e a-mach gun robh iad ri faoineas den t-seòrsa seo.

B' i Màiri a chuir an càl aice air a' bhòrd an toiseach. Sgrìob i gu cùramach an ùir air falbh bho na freumhan agus thug na caileagan sùil air.

'Bidh an duine agad beartach,' arsa Baraball, 'agus bidh làn a chinn de dh'fhalt air. Ach bidh e caol, gun fhèithean idir. Chanainn-sa gum bi gròta dhan tastan a dhìth air!'

Bha Baraball agus Màiri a' feuchainn ri an gàireachdainn a mhùchadh ach bha Mairead air a maslachadh. Chaidh i a choimhead air a h-athair a-rithist gus am biodh i cinnteach nach robh e mothachail den ùpraid.

Thòisich Mairead air sgrùdadh a dhèanamh air càl Barabaill. 'Cha bhi an duine agad an dara cuid beartach no bochd. Cha bhi mòran fuilt air idir agus bidh e gu math tiugh mu mheadhan. 'S dòcha gur e bodach a bhios agad!'

Thug Mairead an aire gun robh Baraball air a dhol sàmhach. Nuair a thionndaidh i a shealltainn oirre, bha na deòir a' ruith sìos gruaidhean na searbhanta.

'Ò, a Bharaball, tha mi duilich, cha robh mi airson cur ort idir!'

Shuath Baraball na deòir air falbh le neapraigear. 'Cha tusa a rinn e,' ars ise. 'Bha gaol agam air duine òg, Daibhidh, nuair a bha mi a' fuireach ann an Àfard. Ach, mar a thachair, cha robh gaol aige orm idir, a chionn 's gun do dh'fhalbh e agus chan eil fhios 'am càit' a bheil e an-diugh, no fiù 's a bheil e beò. Innsidh mi dhut an còrr mu dheidhinn latha de na làithean seo.' Dh'fheuch i ri gàire a dhèanamh. 'Co-dhiù, chan eil teagamh ann gum bi sinn ag ithe càl a-màireach. Nì mi brot sa mhadainn. Nach cuir sinn am falach "na daoine" an-dràsta, ge-tà, air eagal gum bi ceistean aig a' Bh-Uas Clerihew dhuinn man deidhinn.'

Chuir Baraball a gàirdean timcheall air Màiri agus thug i fàsgadh dhi. 'Tha an t-àm agad dol dhan leabaidh, a Mhàiri,' thuirt i. 'Tha beagan obrach agam ri dhèanamh – fuaigheal. Thèid mi a shuidhe còmhla ri d' athair 'son treis. Bidh solas agus blàths ann ri taobh an teine. Ach cha bhi mi fada mus tèid mi innte.'

8

An Seisean

Eaglais Thulach Neasail,
Là na Sàbaid 14mh den t-Samhain 1745

THAR NAM BLIADHNAICHEAN, bha Ualtar Syme air ionnsachadh gun robh dà nì ann air nach robh liut sam bith aige – a' cumail chunntasan air airgead, an teachd-a-steach agus an dol a-mach, agus a' cumail clas de bhalaich-sgoile fo smachd. Bha athair, Alasdair, air strì an aghaidh nan aon dùbhlan.

Air an làimh eile, bha buadhan sònraichte aig Ualtar – bha e dùrachdach na dhreuchd mar mhinistear na h-eaglaise; a thaobh nan Sgriobtairean agus nan seann chànanan, bha e na sgoilear cho math 's a chuir cas am bròig; anns a' chùbaid bha loinn air a chainnt; agus b' e duine coileanta, dìreach a bha ann, mar Iob anns a' Bhìoball. Cha b' ann leis na buadhan seo, ge-tà, a bha e air earbsa agus gràdh muinntir Thulach Neasail a chosnadh dha fhèin ach le cridhe blàth, le spiorad fialaidh, agus leis an toinisg a bha aige a thaobh laigsean mac an duine.

Fhad 's a bha Ualtar a' gabhail slàn leis a' choitheanal aig deireadh seirbheis na maidne an t-Sàbaid seo, cha leigeadh e leas a bhith fo iomagain. Ged a bha an Seisean gu bhith a' coinneachadh a dh'aithghearr, bha fhios aige gum biodh Uilleam Mac a' Ghobhainn, an t-Ionmhasair, an làthair; a thuilleadh air sin, bha e cinnteach nach biodh Iain MacLabhrainn, Clèireach an t-Seisein, agus an dithis èildearan, Iain Mac Ille na Brataich agus Pàdraig MacDhonnchaidh ri mì-mhodh. Bhiodh gach fear aca a' toirt spèis agus ùmhlachd dha mar a b' àbhaist dhaibh.

Nuair a thill Ualtar a-steach dhan eaglais, bha an ceathrar a' feitheamh air gu stòlda. Bha iad air cathair a chàradh air beulaibh na cùbaid, agus bha an leabhar mòr, Clàr an t-Seisein, fosgailte air bòrd ri a taobh. Rinn Ualtar ùrnaigh ag iarraidh beannachd Dhè air an obair aca mus do thionndaidh e chun an ionmhasair.

'An dèanadh sibh tòiseachadh, a Mhaighstir Mhic a' Ghobhainn, mas e ur toil e. Tha mi mothachail gur i seo a' chiad Sàbaid an dèidh Fèill Mhàrtainn. Bidh na turastail leth-bhliadhnail againn rim pàigheadh, agus bidh airgead ri thoirt seachad do na daoine bochda san sgìre.'

'Tapadh leibhse, a Mhaighstir,' fhreagair Uilleam Mac a' Ghobhainn. 'Tha mi toilichte a bhith ag aithris gu bheil not, tastan, deich sgillinn agus trì feòirlinnean ann am Bogsa nam Bochd. Tha airgead gu leòr againn a bhith a' pàigheadh ceithir tastain do dh'Oifigear na h-Eaglaise 'son na leth-bhliadhna, agus ochd sgillinn a bharrachd air a sin an dèidh dha uaigh fhosgladh am mìos a dh'fhalbh dhan anam bhochd sin a bha gun airgead idir. Tha ceithir tastain agus sia sgillinn againn ri phàigheadh do Chlèireach an t-Seisein. A thaobh nam bochd, bidh dà thastan an urra a thoirt seachad do dh'Anna NicMhìcheil, Mairead Bhonner, Alasdair Logie agus Uilleam Moireach. Tha mi air òrdugh a chur a-steach 'son coirce agus salann do Phatricia Bhrodie. Agus tha dà thastan air a ghealltainn do dh'Uilleam MacIlleDhuibh a tha a-nis na dhilleachdan an dèidh bàs a mhàthar – tha feum aige air còta.'

'Tha mi toilichte sin a chluinntinn,' fhreagair Ualtar. 'Sin dìreach mar a bha mi an dùil.' Rinn e casad beag.

''S e naoi tastain deug agus dà sgillin an dol a-mach uile gu lèir,' lean an t-ionmhasair air adhart. 'Bha seachd sgillinn anns an tional an-diugh.'

'Math dha-rìribh!' ars Ualtar. 'Tha deagh naidheachd agam cuideachd air teachd-a-steach do Bhogsa nam Bochd. Fhuair mi dà thastan agus sia sgillinn o chionn ghoirid bho Mhgr Lumsden, an Tagraiche ann an Obar Dheathain. Sin ar cuid-ne den chàin a leigeadh air Uilleam Greumach 'son deoch làidir a staileadh agus a reic gu mì-laghail aig a' chroit aige, Bog Bràghad.'

Ghnog na fir an cinn.

'A bheil gnothach a bharrachd aig duine sam bith?' dh'fhaighnich Ualtar.

Dh'èirich Iain Mac Ille na Brataich air a chasan. 'Bidh cuimhne agaibh, a Mhaighstir, o chionn sia mìosan, gun do dh'aidich Seònaid Fhoirbeis, boireannach òg gun phòsadh, gun robh i torrach. Chaidh achmhasan a thoirt dhi am fianais a' choitheanail agus ghabh i riutha le ùmhlachd.'

'Tha cuimhn' agam oirre,' thuirt Ualtar gu sòlaimte.

'Bha i na searbhanta do dh'Iseabail Mhoireasdanach aig Bog nan Seileach.'

'Bha agus tha. Rug Seònaid mac agus tha i a-nis air ais ag obair dhan Bh-Uas Mhoireasdanach,' lean Iain Mac Ille na Brataich air adhart. 'Dh'ainmich i am Frisealach òg mar athair dhan leanabh. Chuala mi gun robh an gill' ud a' dol a ghabhail san arm ach gun do chuir a chàirdean stad air. Tha e a' cumail a cheann fodha, ge-tà.

'Tha Seònaid a' feitheamh aig doras na h-eaglaise, a Mhaighstir. Tha i air a peanas-airgid a phàigheadh agus i ag iarraidh tighinn fa chomhair an t-Seisein gus a h-aithreachas a chur an cèill. Bu toigh leatha tilleadh mar bhall den eaglais.'

'Nach toir sibh a-steach an nighean, ma-thà, mas e ur toil e,' fhreagair Ualtar.

Nuair a choisich Seònaid a-steach dhan eaglais agus a chunnaic i am ministear, bha nàire oirre agus chrom i a ceann.

'Na bi eagal ort, a Sheònaid,' thuirt Ualtar. 'Tha mi toilichte d' fhaicinn. Tha rudeigin ann a bu toigh leat innse dhuinn, a bheil?'

Cha do thog Seònaid a sùilean. 'Tha mi a' gabhail aithreachas, a Mhaighstir, 'son mo pheacaidhean.'

'Agus an do rinn thu ùrnaigh ag iarraidh mathanas an Tighearna?'

'Rinn, a Mhaighstir Syme. Uair is uair.'

'Uill, ma rinn, tha mi cinnteach gun tug an Tighearna mathanas dhut,' fhreagair Ualtar.

'Tha sinn uile nar peacaich. Bidh feum aig gach fear agus tè againn air mathanas an Tighearna.'

Chuairtich Ualtar a' chuideachd le a shùil. 'Bidh sinn toilichte ann an da-rìribh fàilte a chur ort agus air do mhac aig an eaglais air Là na Sàbaid an t-seachdain seo tighinn.'

Thòisich Seònaid air gul.

'Na bi a' gul, a Sheònaid, na bi a' gul. Tha thu air do mhathadh, tha mi cinnteach às. Innis dhomh, ciamar a tha do mhac?'

'Tha e gu math, a Mhaighstir.'

'An tug athair sùil air?'

'Thug, a Mhaighstir.'

'Agus dè an aois a tha thu, a nighean?'

'Naoi bliadhna deug, a Mhaighstir.'

'Agus Alasdair Friseal?'

'An aon aois riumsa.'

Dh'èirich Ualtar air a chasan. 'Tha mi 'n dòchas gun tèid gu math dhut, a Sheònaid.'

Rinn Iain Mac Ille na Brataich comharradh do Sheònaid gun robh an t-àm ann a bhith a' falbh agus dh'fhosgail e doras na h-eaglaise dhi.

Chuir am ministear crìoch air a' choinneimh le ùrnaigh ghoirid.

Bha aig Ualtar ri tilleadh dhan eaglais feasgar airson obair-cheistear a dhèanamh, ach roimhe sin, bha e a' coimhead air adhart ri biadh a ghabhail còmhla ri a theaghlach. Bha e air tighinn a-steach air aig an t-Seisean nach robh Seònaid Fhoirbeis ach bliadhna no dhà na bu shine na Màiri, an nighean aige. Bha Màiri air tighinn gu inbheachd gu luath an dèidh bàs a màthar, agus, ann an dòighean sèimh agus neo-fhaicsinneach, bha ise agus a piuthar Mairead air cuideachadh agus spionnadh a thoirt dha na mhinistrealachd, nithean air an robh Ealasaid air a bhith cho fìor mhath. Agus nach b' esan a bha taingeil airson na h-obrach a bha Baraball a' dèanamh dhaibh uile – obair a bha cho deatamach ann an dachaigh sam bith.

Gun an taic acasan, bha fhios aige gum biodh e air chall.

9

Diùc Chumberland – Windsor, 1745

Sealladh a Dhà – Windsor,
21mh den t-Samhain 1745

NA PEARSACHAN:
Am Prionnsa Uilleam Augustus, Diùc Chumberland
An Còirneal Iòsaph Yorke, *Aide de Camp* an Diùc
An Corpailear Iain MacThòmais

(Seòmar mòr brèagha ann an Caisteal Windsor, Sasainn. Tha Diùc Chumberland agus an Còirneal Yorke nan suidhe aig bòrd air a bheil botal clàireit agus glannaichean. Tha èideadh dearg nan oifigearan air an dithis aca. Tha crùn-choinnlear drileach os an cionn. Tha an Corpailear MacThòmais na sheasamh gu dìreach ri taobh a' bhùird, spaideil ann an èideadh a' Chorpaileir air a bheil putannan gleansach. Tha treidh airgid fo achlais, agus tha e na sheasamh ann an àite far a bheil e comasach dha a bhith a' coimhead air gnùis an Diùc agus a' dèanamh seirbheis dha gun dàil. Tha e follaiseach gu bheil an Diùc air a dhòigh air adhbhar air choreigin.)

DIÙC CHUMBERLAND: Uill, a Iòsaiph. Chuir m' athair fios orm an-diugh. Dh'innis e dhomh gu bheil an Seanailear Sir Iain Ligonier tinn. Is mise, a-nis, an t-Àrd-cheannard os cionn nam feachdan Breatannach. 'S e an dleastanas tlachdmhòr agam a bhith a' dol a chogadh an aghaidh Theàrlaich Eideird Stiùbhairt agus airm Ghàidhealaich. Cha bhi mi fada gan lorg oir tha fhios agam gu bheil iad air taobh an iar Shasainn, a' gluasad gu deas. Bidh sinn a' feitheamh orra. Chan eil mi an dùil gum bi mòran dhiubh a' tilleadh a dh'Alba.

(Tha drèin a' nochdadh air aodann an Diùc.)

Dè a tha ceàrr air na h-Albannaich? Tha fhios agam nach eil iad toilichte leis an Aonadh. Tha iad a' gearan gu bheil na Sasannaich air an car a chur asta, gu bheil iad air fòirneirt a dhèanamh orra. Ach, 's i an fhìrinn a tha ann gum b' fheàrr leis a' mhòr-chuid dhiubh an t-Aonadh agus a h-uile nì a tha a' dol na lùib seach na Stiùbhartaich agus am Pàpanachd.

AN CÒIRNEAL YORKE: Tha an Eaglais Chlèireach glè chudromach dhaibh, gun teagamh. Chanainn-sa gu bheil i a' tighinn ri nàdar nan Albannach. Chan eil e a' còrdadh riutha a bhith fo ùghdarras sam bith.

DIÙC CHUMBERLAND: 'S i an fhìrinn a tha agad an sin, Iòsaiph. Bu toigh leotha a bhith saor bhon Phàpa agus bho na h-easbaigean. Nach do rinn iad soilleir sin aig Còmhdhail nan Oighreachdan ann an Dùn Èideann

ann an 1689? Bha cothrom aca taghadh a dhèanamh an uair sin. Agus cò a thagh iad? Thagh iad Uilleam Orains agus a' Bhanrigh Màiri seach Seumas Stiùbhart agus an Ròimh, ged a tha mi 'n dùil nach robh na Caitligich agus na h-Easbaigich air an dòigh.

Dh'fheumte aideachadh nach do dh'iarr a' Phàrlamaid Shasannach barail nan Albannach nuair a rinn iad Achd an t-Socrachaidh. Is beag an t-iongnadh gun robh a' Phàrlamaid ann an Dùn Èideann a' feuchainn ris an t-Achd a dhiùltadh. Cha bu mhotha na sin a thug na h-Albannaich cuireadh do mo sheanair a bhith na rìgh thairis orra nuair a chaochail a' Bhanrigh Anna. Ach nach do rinn sinn rèite on uair sin?

AN CÒIRNEAL YORKE: Rinn, gu dearbh, ur Mòrachd. Tha na h-Albannaich cho crìonna 's a bha iad a-riamh – chunnaic iad gun rachadh gu math dhaibh aig deireadh an latha, agus chaidh.

DIÙC CHUMBERLAND: Ach na Seumasaich, Albannach agus Shasannach, chan eil iad a' gabhail rim athair mar an rìgh aca! Tha iad ag ràdh gu bheil Taigh Hanòbhair air co-arbas nan Stiùbhartach a mhilleadh. Agus a bheil fhios agad dè thuirt fear de na pearsachan-eaglais aca, ministear Gàidhealach? Thuirt e gu bheil crùnadh mo sheanar 's m' athar air a' Chòigeamh Àithne a bhriseadh, 'Thoir onair dod athair agus dod mhàthair,' mar sin air adhart. 'S e! A' Chòigeamh Àithne. Tha na Gàidheil a' coimhead air Seumas Frangaidh Eideard Stiùbhart mar an athair. Is gann as urrainnear a chreidsinn!

AN CÒIRNEAL YORKE: 'S e beachd neònach a tha ann, gun teagamh.

DIÙC CHUMBERLAND: Biodh sin mar a bhitheadh, tha iad ri ar-a-mach a-rithist, agus an turas seo tha muinntir Shasainn a' cur an dòchais annamsa. Cha leig mi sìos iad. Agus a rèir coltais tha an rìgh air mathanas a thoirt dhomh an dèidh call dosgainneach Bhlàr Fontenoy, ged nach toir mise mathanas dhomh fhìn gu bràth. Is mise a thug an t-òrdugh gum feumadh na saighdearan-coise cumail air adhart ged a bha gunnaichean nam Frangach gan sgrios. Dh'fhàgadh mìle gu leth saighdear marbh air a' bhlàr mus do dh'òrdaich mi an ratreut. Is mise a bu choireach. Cha dìochuimhnich mi gus an dealaich an deò rium leasan an latha ud, gun robh losgadh leantainneach nan gunnaichean mòra air leth marbhtach. Tha mi an dòchas gum bi cothrom agam an aon leasan a theagasg do na Seumasaich.

Tha mi air mo nàrachadh nuair a chuimhneachas mi air mar a threòraich m' athair an t-Arm Breatannach gu buaidh thar nam Frangach aig Blàr Dettingen o chionn dà bhliadhna. Bha e mar ghaisgeach gun eagal sam bith ann an sreath-aghaidh a' bhlàir, agus crios buidhe an t-seanaileir Hanòbharaich mu mheadhan.

AN CÒIRNEAL YORKE: Crios buidhe?

DIÙC CHUMBERLAND: 'S e. Crios Hanòbharach. 'S dòcha nach eil e a' còrdadh riut, Iòsaiph, ach carson nach leigeadh an rìgh sìos anam gus Hanòbhar a dhìon? Rugadh e ann an Hanòbhar. 'S toigh leis a bhith a' fuireach ann a h-uile samhradh. Bha na Frangaich a' bagart air an dùthaich as ionmhainn leis.

Ach tha mi a cur a' Phrionnsa Theàrlaich ann an suarachas. 'S e brathadair a tha ann. Tha e an aon aois riumsa – fichead 's a ceithir. Thathar ag ràdh gu bheil e àrd, caol, uasal agus tarraingeach. Chanadh cuid gu bheil mise uasal, tarraingeach cuideachd ged a tha mi rudeigin tiugh mun mheadhan a-nis.

(Tha an Còirneal Yorke a' crathadh a chinn ach chan eil an Diùc a' coimhead air, tha e ag amharc air a' Chorpailear.)

DIÙC CHUMBERLAND: Chan eil thu a' gàireachdainn, a MhicThòmais, a bheil? Ma dh'fhaodte gum bu toigh leat an oidhche a chur seachad ann an sloc na gainntire!

(Tha seo a' cur clisgeadh air a' Chorpailear.)

Nach eil cuimhne agad gun robh mi air mo leòn aig Blàr Dettingen? Mura b' e sgil an lannsair Ranby bhithinn air mo chas a chall. Bha fiabhras àrd orm agus dh'fhàs an lot breun. Taing do shealbh airson fuarlitean Ranby agus leann rùsg an daraich.

Mar sin dheth, ghabh mi ri comhairle an lannsair. Mhol e dhomh gun a bhith a' coiseachd cus, gun robh agam ri fois a ghabhail. Sin as adhbhar gu bheil mi tiugh mun mheadhan! Agus tha a' ghlùn gam chiùrradh fhathast. Cha tuigeadh an Stiùbhartach òg sin. Cha robh esan air a leòn, an robh? Cha robh esan a-riamh na Chaiptean-seanailear os cionn 34,000 saighdear, an robh? Chan e saighdear ceart a tha ann idir. Am Prionnsa Teàrlach Eideard Stiùbhart!

(Tha an Diùc a' toirt droch shùil air a' Chorpailear agus an uair sin a' tionndadh chun a' Chòirneil Yorke.)

Uill, a Iòsaiph, chan fhada gus am bi sinn agaidh ri aghaidh ris na Seumasaich air blàr a' chogaidh – tha mi a' dèanamh fiughar ris.

(Tha an Diùc a' coimhead air a' Chorpailear a-rithist.)

A MhicThòmais! Tha fiamh a ghàire air do ghnùis fhathast, a dhuine. Amadain! 'S fheàrr dhut falbh!'

(Tha an Corpailear a' cromadh a chinn a dh'ionnsaigh an Diùc mus fhalbh e.)

10

An Guth Binn

Mansa Thulach Neasail,
Là na Bliadhn' Ùire, 1746

BHA OIDHCHE REÒITE ann.

Mar a bha àbhaisteach air Là na Bliadhn' Ùire, bha Peigi agus Uilleam MacLabhrainn, an t-seann chàraid a rinn a' mhòr-chuid de dh'obair na glìbe, air biadh a ghabhail còmhla ris a' mhinistear agus a theaghlach. Bha i a' bagairt sneachda, ge-tà, agus bha Uilleam agus Peigi airson tilleadh dhachaigh – bha taigh beag aca leth-mhìle gu tuath aig ceann thall na glìbe.

An dèidh dhaibh falbh, chuir Baraball fàd mòna air an teine mus do shuidh i sìos. Laigh a sùil air an t-snàthad-dàrnagaidh agus a' cheirsle de shnàth air an dreasair ach, on a bha Màiri agus Mairead a' gabhail fois an tac an teine, cha do thog i iad.

'Bu chòir dhuinn fàilte a chur air a' bhliadhn' ùir le beagan ciùil,' thuirt Ualtar ri Màiri, gu cridheil, 'cho fad 's nach dùisg sinn an tè bheag. An cluich thu fonn no dhà dhuinn air a' chruit? 'S fhada o nach cuala mi thu ga cluich. Bhiodh briseadh-dùil air do mhàthair nach maireann nan leigeadh tu seachad an ceòl an dèidh a' bhrosnachaidh a thug i dhut. Agus, a Mhairead bu toigh leam gu mòr gun gabhadh tu òran.'

Thug Màiri agus Mairead sùil air a chèile.

'Cha robh sinn air an ceòl a leigeil seachad, athair,' fhreagair Màiri. 'Tha sinn air a bhith ag obair air a' cheòl fhad 's a bha sibhse a' tadhal air muinntir na sgìre. Cha robh sinn airson ar màthair a chur nur cuimhne.'

'Nach sibhse a tha còir,' ars Ualtar. 'Agus tha sibh ceart. Bidh an ceòl a' cur ur màthar nam chuimhne. Ach bu toigh leam èisteachd ris a dh'aindeoin sin.'

Thug Màiri a' chruit às a' phreas agus chluich i am fonn *I wish I was where Helen lyes*. Chòrd seo gu mòr ri a h-athair ach bha na deòir a' ruith le gruaidhean Mairead fhad 's a bha i ag èisteachd agus cha b' urrainn dhi òran a ghabhail idir.

Chuir Ualtar làmh cofhurtachd air gàirdean Mairead.

Thionndaidh e gu Baraball. ''S dòcha gun gabhadh Baraball òran dhuinn.'

'Ò chan eil comas seinn agam, a Mhaighstir,' fhreagair i.

'Tha Baraball diùid, athair,' arsa Màiri. 'Tha i math air seinn.'

Thàinig rudhadh gruaidhe air Baraball. 'Uill, tha cuimhn' agam air òran Frangach a dh'ionnsaich piuthar mo mhàthar dhomh.'

Shuidh Baraball gu dìreach air a' bheing agus thòisich i air seinn.

Sur le Pont d'Avignon
L'on y danse, l'on y danse
Sur le Pont d'Avignon
L'on y danse tous en rond.

Stad Baraball agus chrom i a ceann.

'Cùm ort! Cùm ort, mas e do thoil e,' ars Ualtar gu dùrachdach.

Lean Baraball oirre leis an òran, a' seinn ceithir rannan a bharrachd mus do chuir i crìoch air.

Rinn teaghlach Syme bualadh-bhasan. 'Tha guth binn agad, a Bharaball,' ars Ualtar, a' gàireachdainn. 'Carson a bha thu ga chleith oirnn? Tha thu ro mhàlda.'

Bha Baraball air a cur troimh-a-chèile leis a' mholadh seo agus bha e na chuideachadh mòr dhi gun do thuit sùith sios às an t-similear aig an dearbh mhòmaid ud: leum na lasraichean suas anns an àite-teine.

Bha a' ghaoth bhon àird an ear-thuath ag èirigh anns an dorchadas a-muigh, a' beucach anns an t-similear agus a' bualadh air ballachan agus uinneagan an taighe.

'Nam biodh tu cho còir 's gun toireadh tu Leabhar nan Salm dhomh,' thuirt Ualtar ri Mairead, 'dh'fhaodamaid a bhith a' gabhail an Leabhair còmhla.'

***

Air an treas latha den bhliadhna ùir, fhad 's a bha Baraball anns a' bhàthaich a' bleoghan na bà, dh'iarr Ualtar air Màiri agus Mairead tighinn dhan t-seòmar-shuidhe. Thug e cuireadh dhaibh suidhe sìos ri taobh an deasg aige.

'Tha rudeigin cudromach agam ri innse dhuibh,' ars Ualtar. 'Rudeigin cudromach ann an da-rìribh.'

Choimhead na nigheanan air a chèile, agus iad fo iomagain. B' ann às an àbhaist a bha seo.

'Tha mi air a bhith ag iarraidh seòladh an Tighearna, agus thàinig an seòladh thugam gu làidir nuair a bha mi ri ùrnaigh aig briseadh na fàire an-diugh.'

Bha sùilean Màiri agus Mairead glaiste air an athair.

'Tha mi a' dol a dh'iarraidh air Baraball mo phòsadh.'

Chuir am fiosrachadh seo mòr-iongnadh air na nigheanan agus cha tuirt tè seach tè aca facal airson greiseag. Bha aodann Màiri cho geal ri cuibhrig-cluasaig.

B' i Mairead a thàinig thuice fhèin an toiseach. 'Nach eil sibh a' caoidh ar màthar fhathast, athair? An e seo an t-àm ceart a bhith a' sireadh mnà ùire?'

'Tha mi gad thuigsinn, a Mhairead. Chan eil mi airson dìmeas a chur air cuimhne do mhàthar idir, idir. Bidh gaol agam air do mhàthair gu bràth. Ach tha bliadhna gu leth air a dhol seachad on a chaochail i. Agus tha thusa agus Màiri a' fàs suas gu bhith nur boireannaich òga, boireannaich òga air a bheil mi air leth moiteil, faodaidh mi a ràdh. Tha mi an dòchas nach fhada gus am bi sibh a' pòsadh agus gum bi duine agus teaghlach agaibh fhèin. Bidh sibh a' fàgail a' mhansa. Chan iarrainn-sa a chaochladh.

'Chaochail pàrantan Baraball o chionn fhada agus chan eil càirdean dlùth aice san sgìre seo on a shiubhail piuthar a màthar. Chan eil leannan aice. Ged a tha i mòran nas òige na mise, mar an duine aice b' urrainn dhomh tèarainteachd a thabhainn oirre. Tha i na cuideachadh mòr mòr dhuinn an-dràsta agus nam biomaid pòsta aig a chèile, bhiodh e na b' fhasa dhan a h-uile duine anns an àm ri teachd.

'Bu chòir dhuibh cuimhne a bhith agaibh air Iseabail – dh'fhaodadh Baraball a bhith mar mhuime dhi. Tha mi cinnteach gun dèanadh Baraball a dìcheall. Agus ciamar a chumas mi orm nam dhreuchd mar mhinistear Eaglais Thulach Neasail gun chùl-taic agus companach a bhith agam?'

'Ach chan eil Baraball coltach rinne, athair,' arsa Màiri. 'Tha i còir, coibhneil agus dèanadach, gun teagamh, ach tha i gun fhoghlam, cha mhòr, agus mì-mhodhail aig amannan.'

Thog Ualtar an-àird a làmh. 'Tha thu ceart, a ghràidh. Tha mi a' gabhail ri do bharail. Ach cha robh cùisean furasta do Bharaball mus tàinig i a dh'obair an seo. Chaill i a màthair nuair a bha i òg. An uair sin, chaill i piuthar a màthar. Agus ma tha mi ga thuigsinn ceart, fhuair i briseadh-cridhe nuair a chaidh fear òg air an robh gaol aice às an t-sealladh.'

'Agus a bheil gaol agaibh oirre, athair?'

Cha do fhreagair Ualtar airson diog na dhà. 'Tha mi air fhaicinn iomadach uair nam dhreuchd gum faodadh gaol fàs eadar fear agus a bhean, thar ùine, an dèidh dhaibh a bhith pòsta. Chanainn-sa gum bi gaol againn air a chèile an ceann greis.'

'Cha robh dad a dhùil againn ris an naidheachd seo, athair,' thuirt Mairead.

'Tuigidh mi sin. Agus tha mi duilich ma tha mi air uallach a chur oirbh. Ach na canaibh facal ri Baraball air a' chuspair seo, mas e ur toil e. Chan eil cabhag sam bith ann. Bidh mi a' feitheamh air an Tighearna, a' dèanamh cinnteach de a threòrachadh mus bruidhinn mi rithe.'

Chuala iad doras a' mhansa a' dùnadh – bha Baraball air tilleadh bhon bhàthaich. Thug an dithis nighean sùil air a chèile leis an aon smaoin nan inntinn. Ciamar a bhiodh iad gan giùlan fhèin ann an cuideachd Barabaill, agus an rùn-dìomhair seo aca?

***

An t-seachdain a lean, dh'iarr Ualtar air Baraball a phòsadh. An toiseach, bha coltas oirre mar gun robh i a' dol an laigse mus do fhreagair i gum biodh feum aice air beagan tìde airson smaoineachadh air an tairgse aige. Ach cha tug e fada dhi gabhail ris.

Aon uair 's gun robh an gnothach air a rèiteachadh, mhìnich Ualtar dhi nach biodh e ceart iad a' fuireach fo na h-aon chabair fhad 's a bha iad fo ghealladh-pòsaidh. Mhol e gum bruidhneadh e ris an Leadaidh Mairead Ghòrdanach, feuch am biodh i deònach gun caidleadh Baraball aig Caisteal Thìr Preasaidh thar nam beagan mhìosan ron a' bhanais. Thuirt Ualtar gun robh e den bheachd gum biodh e na chuideachadh do Mhairead Ghòrdanach nam biodh Baraball a' fuireach còmhla rithe mar chompanach fhad 's a bha Teàrlach agus Seumas air falbh on taigh, agus i fo iomagain man deidhinn.

Mura biodh sneachda domhainn ann, agus nam biodh e freagarrach do Mhairead Ghòrdanach, dh'fhaodadh Baraball tighinn dhan mhansa tron latha nam bu toigh leatha. Anns na mìosan ron a' bhainnse, ma dh'fhaodte gum faodadh a' Bh-Uas Clerihew agus a' Bh-Uas NicLabhrainn tuilleadh a dhèanamh dhan teaghlach.

Bha e follaiseach gun robh rudeigin a' cur dragh air Baraball. ''S e dìreach gu bheil Leadaidh Thìr Preasaidh na Caitligeach, a Mhaighstir. Tha daoine ag ràdh gum bi iad a' cumail na h-Aifrinn anns a' chaisteal a h-uile seachdain. Am bi agam ri pàirt a ghabhail ann?'

'Cha bhi, cha bhi idir, a Bharaball,' fhreagair e. 'Tha mi cinnteach nach bi. Tha fhios aig Mairead Ghòrdanach gu bheil thu nad Phròstanach. Cuiridh mi na cuimhne e, gus nach bi duilgheadas sam bith ann. Tha i na boireannach còir. Ach, bhiodh e math nan com-pàirticheadh tu ann an ùrnaighean feasgair an teaghlaich aig Tìr Preasaidh. An dèidh nan searmonan a chuala tu ann an Eaglais Thulach Neasail,' lean e air le fiamh a ghàire, 'cha chreid mi gum bi thu a' dol far na slighe ceirte.'

Dh'fhàg iad mar sin e. Ghabh Ualtar làmh dheas Barabaill na làimh fhèin. Phòg e a làmh agus thuirt e rithe gun dèanadh e a h-uile rud a b' urrainn dha gus a dèanamh sona, toilichte.

Nuair a ghabh an teaghlach an Leabhar còmhla ri chèile aig ochd uairean feasgar, leig Màiri agus Mairead orra gun robh iad a' dèanamh gàirdeachas ris an naidheachd. Ach an dèidh do Bharaball an teine a thasgadh agus dhan a h-uile duine a dhol nan tàmh, chluinnte na nigheanan a' cagarsaich ri chèile tron t-sàmhchair thruim.

11

An Còmhradh

Caisteal Thìr Preasaidh, Tulach Neasail,
7mh den Ghearran 1746

MAR A BHA Ualtar air a ràdh, cha robh duilgheadas sam bith ann nuair a ghluais Baraball a dh'fhuireach ann an Caisteal Thìr Preasaidh. Bha na làithean goirid agus an talamh reòite ach chaidh aice air beagan ùine a chur seachad a h-uile latha, cha mhòr, anns a' mhansa. Chùm i oirre leis an obair àbhaistich mar nach robh atharrachadh mòr na beatha air fàire, ach a-mhàin gun do ghabh i a biadh aig a' bhòrd còmhla ri Ualtar agus a nigheanan aig uair feasgar.

Bho àm gu àm, bhiodh Ualtar a' togail a shùilean bhon bhòrd gus amharc oirre. Ged nach robh uair anns an latha nach robh Ealasaid air inntinn, dh'fheumadh e aideachadh dha fhèin gun robh bòidhchead na tè beòthaile seo mar bhoillsgeadh grèine na bheatha. Bha e a' coimhead air adhart ri a pòsadh agus, ged a bha e ro dhiùid gus an smaoin seo a chur an cèill, bhiodh e a' coiseachd còmhla rithe air ais a Chaisteal

Thìr Preasaidh feasgar nuair a cheadaicheadh an ùine sin dha. B' ann ainneamh a bhiodh iad a' còmhradh air cuspairean domhainn air an t-slighe, ach anns an dealachadh aig steapaichean an taighe mhòir bhiodh e a' togail na h-aide aige agus a' cromadh a chinn dha h-ionnsaigh.

Ann an ùine ghoirid, bha Mairead Ghòrdanach air fàs measail air Baraball. Air an oidhche, bhiodh na boireannaich nan suidhe còmhla ri taobh an teine anns an talla mhòr, Mairead a' leughadh agus Baraball ri fuaigheal no obair-ghrèis. Mus tionndaidheadh iad ris na h-obraichean sin, ge-tà, bhiodh iad a' bruidhinn a-null 's a-nall, a' faighinn eòlas na bu doimhne air a chèile.

'An do rugadh tu ann an Àfard, a Bharaball?'

'Cha do rugadh. Rugadh agus thogadh mi ann an Srath Lùnach. Bidh sibh eòlach air, a Leadaidh Mhairead, air taobh eile a' mhonaidh ann an sgìre Fhoirbeis.'

Ghnog Mairead Ghòrdanach a ceann.

'B' e croitear a bha nam athair agus bha sianar againn a' fuireach ann am bothan beag le dà sheòmar – m' athair, mo mhàthair, mo bhràithrean, Uilleam agus Alasdair, agus mo phiuthar, Eilidh.

''S e cosnadh cruaidh a bh' ann agus bha sinn cho bochd ris a' chirc. Bu tearc a chitheadh sibh feòil air a' bhòrd – bha sinn beò air bainne, lite agus bruthaist le glasraich sam bith a bha rim faighinn aig an àm. Dhèanadh mo mhàthair a' mhòr-chuid den aodach a chuireadh an teaghlach umpa. Bhiodh i a' faighinn rùsg clòimhe, ga ghlanadh agus ga dhathadh – tha cuimhne shoilleir agam fhathast air an tuba mhòir ri taobh an teine anns an robh a' chlòimh agus an dath, fàileadh searbh a' tighinn aiste. An uair sin bhiodh i a' càrdadh na clòimhe, ga cur na roileagan agus ga snìomh le cuigeal is fearsaid. Rachadh cuid den t-snàth gu Mgr MacSheumais, am figheadair, ach dhèanadh i geansaidhean, stocainnean agus fo-aodach dhuinn den t-snàth-chlòimhe dà shnàithlean – agus nach b' ann tachasach a bha na fo-lèintean!'

'Dè na dathan a bhiodh do mhàthair a' cleachdadh 'son na clòimhe?' dh'fhaighnich Mairead.

'Chan eil fhios le cinnt agam, ach tha mi 'n dùil gum biodh i a' cleachdadh sùith, no fraoch no crotal na craoibhe, agus uaireannan bhiodh i a' cleachdadh sealbhag 'son an dath a chruadhachadh. Bhiodh mo mhàthair faiceallach gus clòimh gu leòr a dhathadh aig an aon àm gus crìoch a chur air geansaidh no, mar a chanadh i fhèin, bhiodh inneadh air a' chlò. Bha i cho sgileil, dèanadach, ach cha b' ise a-mhàin a rinn an fhighe – feasgar, bhithinn nam shuidhe aig an teine còmhla ri mo bhràithrean agus rim phiuthair agus sinn uile trang leis na bioran.

'Ach mo thruaighe, nuair a bha mi deich bliadhna a dh'aois, thàinig galar uabhasach chun na sgìre. Bhuail e air an teaghlach air fad, le fiabhras àrd, àrd. Taobh a-staigh cola-deug bha mi nam dhilleachdan. Is mise a-mhàin a thàinig troimhe beò – bha mi nam aonar san t-saoghal. Gu fortanach, bha truas aig piuthar mo mhàthar, Sìne, dhìom agus thug i a-steach mi dhan dachaigh aicese.'

'An e sin as adhbhar gun robh thu a' fuireach ann an Àfard?'

"'S e. Bha piuthar mo mhàthar na banntraich, a' fuireach ann an taigh-tughaidh còmhla ri a mac, Dòmhnall, a bha bliadhna gu leth na b' òige na mise. Bha an dithis aca a' tighinn beò air an airgead a bhiodh piuthar mo mhàthar a' cosnadh aig an taigh-sheinnse, agus air a' chòrr de bhiadh nach deach a ghabhail leis na h-aoighean. Na h-aoighean! 'S e ainm spaideil a tha sin. Bha cuid dhiubh nan daoine garbha.

'An toiseach, bhithinn a' cuideachadh piuthar mo mhàthar anns an taigh-sheinnse. Bhiodh leabaidh no dhà ri chàradh, glanadh, agus obair ri dhèanamh anns a' chidsin agus mar thè-fhrithealaidh. Ach nuair a bha mi a' sreap ri còig bliadhna deug, thòisich cùisean a' dol ceàrr. Bhiodh cuid de na pòitearan a' cantainn rudan mì-mhodhail rium. Ghabh fear dhiubh grèim air mo ghàirdean agus dh'fheuch e ri pòg a thoirt dhomh. Rinn mi sgreuch agus thàinig piuthar mo mhàthar na cabhaig às a' chidsin. Is math a bha fhios aig Sìne ciamar a dhèiligeadh i ri duine mar sin. Ghabh i an cuthach – tha mi an dùil gun robh sùil dhubh air an duine ud an-ath-latha.'

'Tha mi duilich, a Bharaball. Bha sin oillteil.'

'Bha. Bha. An dèidh sin, thuirt piuthar mo mhàthar rium gum feumainn obair a dhèanamh anns a' chidsin seach mar thè-fhrithealaidh air an oidhche. Cha do sguir droch ghiùlan nam fear, ge-tà, nuair a bha an cothrom aca agus an deoch orra. Ach 's ann mun àm ud, nuair a bha mi seachd bliadhna deug a dh'aois, a thachair rudeigin a bha mar mhìorbhail nam bheatha – chunnaic mi Daibhidh Laird 'son a' chiad uair. Cha b' fhada gus an robh sinn ann an trom-ghaol aig a chèile agus a' suirghe. Bha mi 'n dùil gum biomaid a' pòsadh.'

Thàinig crith na guth. 'Ach tha e marbh.'

'Ò a Bharaball, tha sinn uabhasach! Ciamar a fhuair e bàs?'

'Chan eil fhios agam, ach chaidh e à sealladh gu h-obann o chionn trì bliadhna. Cha robh guth air. Cha robh fhios fiù 's aig a mhàthair dè dh'èirich dha.'

'Mar sin dheth, 's dòcha gu bheil e fhathast beò,' arsa Mairead.

'Cha chreid mi gu bheil. Ma tha, carson nach do chuir e fios thugam thar nam bliadhnaichean on uair sin?'

Cha do fhreagair Mairead agus bha sàmhchair ann airson greis.

'Cha robh mi toilichte tuilleadh a bhith ag obair aig an taigh-sheinnse,' lean Baraball air adhart. 'Bha eagal orm. Bha oidhche ann nuair a bha amharas agam gun robh fear a' feitheamh rium san dorchadas fhad 's a bha mi a' falbh dhachaigh. Ruith mi na leth-cheud slat chun an taighe cho luath 's a b' urrainn dhomh, mo chridhe a' plosgartaich. Taobh a-staigh mìos on oidhche ud, thuit piuthar mo mhàthar marbh air an ùrlar. Bha mise agus Dòmhnall ga caoidh, mar a thuigeadh sibh, ach aig an aon àm chuir a bàs troimh-a-chèile buileach sinn – bha sinn a' dol a chall ar dachaigh.'

'A bhrònag! Dè rinn thu?'

'Bha am fear leis an robh an taigh-seinnse airson ar gabhail a-staigh mar sgalagan a bhiodh a' fuireach aigesan. Ach bha fhios agam dè a bhiodh sin a' ciallachadh dhòmhsa gun àite dhan teichinn bho na droch dhaoine. Ghabh Dòmhnall ris a' chuireadh, ach chuala mise gun robh a' Bh-Uas Syme a' sireadh searbhanta aig mansa Thulach Neasail agus bha e na fhaothachadh mòr dhomh nuair a fhuair mi an obair. Bha a' Bh-Uas Syme cho còir, foighidneach – theagaisg i dhomh leughadh agus sgrìobhadh. Agus dh'fhàs mi gu bhith cho measail air a' Bh-Uas NicLabhrainn aig ceann tuath na glìbe.'

'Ach chaochail a' Bh-Uas Syme,' arsa Mairead, 'agus a-nis, tha thusa agus Mgr Syme air gealladh-pòsaidh a thoirt dha chèile. An toiseach, feumaidh mi aideachadh gun robh mi a' meòrachadh air carson a ghabhadh tu ri fear a tha deich bliadhna fichead nas sine na thu fhèin, ged as e duine air leth math a th' anns a' mhinistear.'

'Tha sin furasta gu leòr ri innse, a Leadaidh Mhairead. Nam bheachd-sa, shàbhail an teaghlach Syme mo bheatha dhomh. Tha mi fada nan comain. Agus chunnaic mi am briseadh-cridhe air Mgr Syme nuair a chaochail a' Bh-Uas Syme. 'S e duine còir, onarach a th' ann mar a bha sibh ag ràdh agus tha mi cinnteach gum bi e coibhneil dhomh. Agus bidh cupan teatha agam a h-uile feasgar – cha do bhlais mi air teatha cheart riamh mus robh mi a' fuireach aig a' mhansa, dìreach air an treas no ceathramh tarraing den stuth chaithte a thàinig bhon taigh-sheinnse.'

Rinn Mairead Ghòrdanach gàire. 'Tha thu èibhinn, a Bharaball. 'S dòcha gun robh mi fhìn den aon bharail nuair a bha mi òg. Ach tha an tuilleadh ann ann a bhith pòsta na bhith a' gabhail cupan teatha còmhla!

Nuair a thig na leanabhan, bidh tu fo chùram mun deidhinn fad na h-ùine. Mar a sgrìobh Sir Francis Bacon, fear ainmeil à Sasainn, nuair a phòsas fear agus a bhios teaghlach aige, tha e air bràighdean a thoirt dhan fhortan. Agus tha an aon rud fìor a thaobh nam ban. Tha mi an dòchas gum beannaich fortan thu agus nach fhuiling thu a-chaoidh mar a tha mise a' fulang an-dràsta, agus an duine agam agus mo mhac an sàs ann an cogadh, ma tha iad fhathast beò.'

'Tha mi duilich, a Leadaidh Mhairead,' fhreagair Baraball. 'Tha mi gu dearbh duilich.'

'Tapadh leat, a Bharaball,' arsa Mairead. 'Ach tha mi a' creidsinn gu bheil iad beò agus an Tighearna gan dìon.

'Ach a' tilleadh thugadsa, a Bharaball, dè thachras ma nochdas Daibhidh Laird ann an Tulach Neasail latha brèagha air choreigin, agus thu fhèin pòsta aig Mgr Syme?'

'Cha ghabhainn sùim dheth, idir, a Leadaidh Mhairead. Leig e sìos gu dona mi o chionn trì bliadhna agus cha toirinn mathanas dha 'son sin. Tha mi deimhinne gum bi mi nam dheagh bhean do Mhgr Syme. Nì mi mo dhìcheall, air m' onair!'

'Tha mi cinnteach gun dèan, a Bharaball. Agus tha thu air a chur nam inntinn gu bheil an t-àm ann cupan teatha a ghabhail. A bheil am pathadh ortsa, cuideachd?'

Rinn Baraball fiamh a ghàire. 'Tha. Tapadh leibh.'

12

An Tilleadh

Caisteal Thìr Preasaidh, Tulach Neasail,
10mh den Ghearran 1746

AIR OIDHCHE ARDAOIN, an treas oidhche an dèidh do Bharaball sgeulachd a beatha innse dhan Leadaidh Mairead, bha an dithis bhoireannach nan suidhe an tac an teine a-rithist. Chaidh an t-sìth aca a bhriseadh, ge-tà, le gnogadh àrd aig doras a' chaisteil. Chuala na boireannaich fear de na seirbheisich a' bruidhinn ri cuideigin a bha air taobh eile an dorais agus an crann mòr ga tharraing air ais. Bha cuideigin a' tighinn suas an staidhre. Dh'èirich Mairead agus Baraball air an casan, agus an t-eagal orra.

Dh'fhalbh an t-eagal anns a' bhad, ge-tà, nuair a nochd Teàrlach anns an talla mhòr. Ghabh Mairead na glacan e le aoibhneas, na deòir a' ruith sìos a gruaidhean.

Cho luath 's a thàinig i thuice fhèin, ge-tà, thug i sùil air a ghualainn agus dh'fhaighnich i gu h-iomagaineach den duine aice, 'Ach càit' a bheil Seumas?'

Bha sprochd air gnùis Theàrlaich. 'Ò a Mhairead,

chan eil e còmhla rium. Tha mi cho duilich. Bha e ann am buidheann a' Chaiptein Iain Bhurnet, maighstir nan gunnaichean-mòra, a dh'fhan ann an Carlisle gus an gearastan a dhìon. Chaidh a chur an grèim aig deireadh na Dùbhlachd. Tha e a-nise ann am prìosan Southwark.'

Bha coltas air Mairead mar gun robh i a' dol ann an laigse, ach ghabh Teàrlach grèim air a gàirdeanan. 'Ach, a Mhairead, chan eil ann ach balach, còig bliadhna deug a dh'aois. Thig e troimhe beò, is cinnteach gun tig!'

Threòraich e a bhean gu cathair gus an suidheadh i sìos. B' ann an uair sin a thug e an aire gun robh Baraball anns a' chuideachd, a' coimhead air Mairead le deòir na sùilean.

Chuir e iongnadh air Teàrlach a bhith a' faicinn searbhanta a' mhansa anns a' chaisteal aige ach ghabh e ris a' mhìneachadh a thug Mairead dha gun fhacal a bharrachd a ràdh.

Cha b' fhada gus an robh braidseal mòr teine a' dol agus an seòmar làn solais. Dh'iarr Mairead air tè de na searbhantan biadh a dheasachadh – brot teth is aran – agus bùrn a theasachadh gus an nigheadh Teàrlach e fhèin.

Bha othail anns a' chaisteal a-nis, agus a h-uile duine air an naidheachd a chluinntinn gun robh an t-uachdaran air ais aig an taigh. Thug Baraball an aire gun robh Mìcheal, duine òg mu chòig bliadhna air fhichead a dh'aois, a bhiodh a' leigeil air gum b' e gille-stàbaill a bha ann air nochdadh anns an t-seòmar. Bha e air tighinn a-steach oirre còrr is uair gun robh rudeigin neo-àbhaisteach ann mu a ghiùlan. Bha i an amharas gum b' esan an sagart Caitligeach a bha a' cuartachadh na h-Aifrinn feasgar na Sàbaid nuair a bha ise aig a' mhansa. Mar sin dheth, cha robh iongnadh oirre idir nuair a chuir Teàrlach Gòrdanach fàilte air mar 'Athair Mhìcheil'.

Bha e follaiseach do Bharaball gun robh Mairead air bhioran naidheachd an duine aice a ghabhail. Thog Baraball a h-obair-ghrèis mar gun robh i a' dol a dh'fhalbh, ach dh'iarr Mairead oirre fantainn còmhla riutha.

Nuair a bha am biadh deiseil agus a' chuideachd cruinn còmhla timcheall a' bhùird, thòisich Teàrlach air an sgeulachd aige.

'Tha e sìmplidh gu leòr innse carson a thàinig mi dhachaigh,' ars esan. 'Tha mi air fòrladh a ghabhail bho chòmhlan Gòrdanach Ghleann Buichead. Bidh mi a' tilleadh an ceann greis.'

Cha tuirt Mairead facal, ged a bha am briseadh-cridhe sgrìobhte air a gnùis.

'Tha Gleann Buichead air a dhol le buidheann de shaighdearan – Dòmhnallaich, Camshronaich, Griogaraich agus Clann MhicFhionghain nam measg – gu sèist a chur ri Gearastan Ruadhainn. Bha mi an dùil caismeachd a dhèanamh fo ùghdarras Iarla Chrombaidh bho Obar Dheathain gu Mealdruim. Ach, a dh'innse na fìrinn, rinn a' mhòr-chuid de na Gòrdanaich mar a rinn mise agus dh'fhalbh iad dhachaigh gus an anail a ghabhail.

'Ach, innis dhomh, a Mhairead, an d' fhuair thu an litir a chuir mi thugad o Dhùn Èideann?'

'Fhuair,' fhreagair Mairead. 'Bha an litir na faothachadh dhomh ach, aig an aon àm, bha mi fo iomagain. Bha agam ri bruidhinn ri cuideigin ma deidhinn. Sheall mi an litir dhan Urr Syme. Tha mi 'n dòchas nach do rinn mi ceàrr.'

Chrath Teàrlach a cheann. 'Cha do rinn.'

'Bha esan cho còir, cho coibhneil. Thuirt e gun dèanadh e ùrnaigh air ur son, thu fhèin agus Seumas. Cha b' ann san eaglais, mar a thuigeadh tu, ach anns na h-eadar-ghuidhean pearsanta aige. Ach, gach Sàbaid san eaglais, tha e air a bhith a' dèanamh ùrnaigh airson nan uile a tha an sàs anns a' chogadh chatharra, agus ag iarraidh air an Tighearna ar casan a threòrachadh air slighe na sìthe.'

'Is mi a tha taingeil dha,' arsa Teàrlach, 'ged a dh'fheumainn aideachadh nach eil coltas na sìthe idir air a' ghnothach an-dràsta.'

'Ach dè thachair?' dh'fhaighnich Mairead. 'On a thàinig do litir, cha d' fhuair sinn ach criomagan naidheachd. Bha na Seumasaich a' cur sèist ri Carlisle. Bha arrabhaig ann an Inbhir Uaraidh anns an robh am Morair Lewis a' sabaid. Bha blàr mòr ann faisg air an Eaglais Bhric. Agus cha robh fhios agam an robh sibh…' Thàinig crith na guth.

'Na bi a' cur ort fhèin, a Mhairead,' fhreagair Teàrlach gu socair. 'Mar a chì thu, tha mi ceart gu leòr, agus bidh Seumas ceart gu leòr cuideachd, tha mi cinnteach.

'Innsidh mi dhuibh uile an sgeulachd gu ruige seo. Mar a tha fhios agaibh mar-thà, ràinig sinn Dùn Èideann gun duilgheadas sam bith far an do ghabh mise agus Seumas ann an còmhlan Gòrdanach Ghleann Buichead. Chaidh mo dhèanamh nam leifteanant fo ùghdarras. Bha sinn a' campachadh faisg air Lìte fad seachdain no dhà, agus a' trèanadh a h-uile latha le gunnaichean caola, claidheamh agus targaid. Bha fir a' tighinn gu Dùn Èideann às gach ceàrn den dùthaich an dùil a bhith a' seasamh còraichean a' Phrionnsa air blàr a' chatha: chuala mi gun robh còig mìle saighdear-coise agus còig ceud marcaiche ann mus tug an t-arm an rathad gu deas air. Bha saighdearan Ghleann Buichead a' dèanamh caismeachd an cuideachd cath-bhuidheann Dhiùc Athaill agus Dhiùc Pheairt. Bha pìobairean aig a' cheann agus bratach rìoghail nan Stiùbhartach a' seòladh – bha sinn làn misneachd. Anns a h-uile baile tron deach sinn, stad sinn aig a' chrois mhargaid gus an do ghairmeadh Seumas Frangaidh Eideard Stiùbhart mar rìgh agus Teàrlach mar a thànaistear.'

'Chuir e iongnadh orm nuair a leugh mi ainm Iain Ghleann Buichead nad litir,' arsa Mairead. 'Chuala mi an-uiridh gun robh e breòite.'

'Tha e suas ann am bliadhnaichean a-nis agus caran cròlainneach, ach cha chanainn-sa gu bheil e breòite. Is mòr a rinn e às leth cùis nan Seumasach anns na bliadhnaichean an dèidh an ar-a-mach ann an 1715 – bidh cuimhn' agaibh gun robh e anns an t-sreath-aghaidh aig Blàr Sliabh an t-Siorraim. Rinn an Rìgh Seumas màidsear-seanailear dheth ged a tha e toilichte a-nis a bhith na chòirneal fon a' Phrionnsa. Bha e na urram dhomh a bhith a' dèanamh seirbheis fo a bhrataich.'

Gnog Mairead a ceann.

'Beagan mhìltean deas air Dùn Èideann,' lean Teàrlach air adhart, 'roinneadh an t-arm na dhà air eagal gum biodh sùilean nàimhdeil a' gabhail beachd oirnn. Ghabh na Gàidheil aon slighe fo ùghdarras a' Phrionnsa agus ghabh sinne slighe eile. Choinnich an dà chath-bhuidheann a-rithist faisg air Carlisle far an robh sinn an dùil sèist a chur ris a' bhaile-mhòr.

'An dèidh latha no dhà, chaidh am Prionnsa chun an àird an ear gu baile beag Bhrampton – bha naidheachd ann gun robh an Seanailear Wade a' tighinn thairis air na Pennines gus ionnsaigh a dhèanamh oirnn. Ach b' e siùbhal gun siùcar a bh' ann. Bha na Hanòbharaich air an glasadh a-staigh anns a' Chaisteal Nuadh, bha an sneachda cho domhainn.

''S ann mun àm sin a thòisich na fathannan gun robh conspaid air choreigin a' dol ann an Comhairle-chogaidh a' Phrionnsa. 'S e a bh' anns a' Chomhairle seo buidheann de sheachdnar oifigeach, am Morair Seòras Moireach agus Diùc Pheairt aig an ceann mar leifteanant-seanailearan fo ùghdarras a' Phrionnsa fhèin. B' fhada a shiùbhladh tu mus lorgadh tu dithis fhear cho eu-coltach ri chèile! 'S e duine àrdanach, cabhagach a tha ann an Seòras Moireach ged as ann diùid, modhail a tha an Diùc.

'Cha b' fhada gus an d' fhuair sinn a-mach, ge-tà, gur e cnag na cùise nach robh am Prionnsa agus am Morair Seòras air an aon ghleus a thaobh innleachd-catha. Thàinig an gnothach gu ceann. Thug Seòras Moireach suas àite mar leifteanant-seanailear, ag ràdh gun robhar a' cur a bheachdan an dìmeas. Chan eil mi a' creidsinn gun robh sin fìor ach b' fheudar dhan

Phrionnsa gabhail ris. Ach, 's e an ath rud a thachair gun tug Diùc Pheairt suas àite cuideachd. Cha robh aig a' Phrionnsa ach ri cuireadh a thoirt do Sheòras Moireach tilleadh mar sheanailear. Sin a rinn e, ach bha an càirdeas a bh' ann eatorra an toiseach air falbh leis an t-sruth.'

'Chan eil mi a' tuigsinn ciamar a rachadh cùisean gu math le mì-chòrdadh mar sin eadar am Prionnsa Teàrlach agus seanailear an airm,' ars an t-Athair Mìcheal.

"S e an fhìrinn a th' agaibh an sin, Athair,' fhreagair Teàrlach. 'Bha e mar gun robh am blàths eadar an dithis aca air grad-thionndadh gu fuachd, fuachd a dh'fhàsadh na bu mhiosa leis a h-uile ceum a bhiomaid a' gabhail gu deas. Bha am Prionnsa airson cabhag a dhèanamh a dh'ionnsaigh Lunnainn, cinnteach gum biodh Seumasaich Shasannach a' teicheadh gu a bhrataich, cinnteach gum biodh feachd mòr Frangach a' tighinn gu tìr air cost a deas Shasainn. Thuirt am Morair Moireach gum bu toigh leis dearbhadh an dòchais seo fhaicinn le a shùilean fhèin a chionn 's nach b'urrainn dhan arm Sheumasach, ceithir mìle saighdear, seasamh an aghaidh feachd Hanòbharach a bha a seachd uiread na bu mhotha.'

'Agus cò am fear dhiubh a bha ceart na bheachd?' dh'fhaighnich Mairead.

'Uill, chaidh aontachadh gun leanamaid oirrn gu deas feuch dè a thachradh air an t-slighe agus sin a rinn sinn cho luath 's a thug muinntir Charlisle gèilleadh dhuinn. Bha an t-sìde fuar, an talamh reòite agus cha b' ann a h-uile h-oidhche a fhuair sinn fasgadh no biadh gu leòr ach bha sinn làn misneachd fhathast. Cha mhòr gun creideadh sibh gun do ràinig sinn Derby, ceud mìle tuath air Lunnainn gun duine a' cur nar n-aghaidh. Smaoinichibh air seo – anns na còig mìosan on a thòisich an iomairt, bha am Prionnsa agus an t-arm Seumasach astar ceithir latha air falbh bho phrìomh bhaile Shasainn. Chuir an naidheachd seo clisgeadh mòr air an Rìgh Seòras. A rèir na chuala mise, bha e a' faighinn deiseil gu teicheadh air ais a Hanòbhar.'

'Cuin a bha sin?' dh'fhaighnich Mairead.

'Aig toiseach na Dùbhlachd,' fhreagair Teàrlach. 'Ach cha deach sinn na b' fhaide gu deas, tha mi duilich a ràdh. Cha do dh'èirich na Seumasaich Shasannach mar a bha sinn an dùil ach a-mhàin còig ceud saighdear à Manchester. Cha bu mhotha a thàinig an cobhair on Fhraing anns an robh am Prionnsa a' cur a dhòchais. A thuilleadh air sin, bha mìle saighdear, no mar sin, air arm a' Phrionnsa a thrèigsinn on a dh'fhàg sinn Dùn Èideann. Nuair a chaidh Comhairle-chogaidh a chumail ann an Derby, chuir am Morair Moireach a bheachdan an cèill gu làidir. Thuirt e gun robh sinn air ar n-aineol ann an tìr chèin agus nach b' fhada gus am biomaid air ar cuartachadh le feachd mòr Sasannach. Bha sinn mar uain a' dol chun a' chasgraidh. Aig an aon àm, bha ar teaghlaichean gun dìon bho na feachdan Hanòbharach ann an Alba. Dh'fheumamaid tilleadh dhachaigh.'

'Agus an robh co-chòrdadh ann a-nis eadar am Prionnsa agus am Morair Moireach?' dh'fhaighnich an t-Athair Mìcheal.

'Cha robh, idir. Ged a ghabh na h-oifigearan ri

comhairle Sheòrais Mhoirich a dh'aon inntinn, las fearg a' Phrionnsa. Is beag an t-iongnadh gun tàinig briseadh-cridhe air, agus e cho dlùth air an duais air an robh e ag amas. Ach aig deireadh an latha, cha robh aige air ach gèilleadh. Ach, obh, obh! Is truagh do dhuine sam bith a chleachdadh am facal 'ratreut' ann an èisteachd a' Phrionnsa agus e a' cumail a-mach fad na h-ùine nach robh e ann an cabhaig sam bith a bhith a' tilleadh a dh'Alba.'

'Ach, 's e ratreut a bh' ann, nach e?' dh'fhaighnich Mairead.

''S e. Agus bha cabhag ann, gun teagamh. Thug e togail mhòr do na Hanòbharaich nuair a thill Diùc Chumberland à Flanders agus mus sealladh sibh oirbh fhèin bha iad air ar tòir. Fhuair an t-arm aige a-mach, ge-tà, gun robh e cunnartach dhaibh tighinn ro dhlùth air ar sàiltean. Bha arrabhaig ann aig baile beag Chlifton agus dh'fhàg sinn mòran dhiubh marbh. Nuair a ràinig sinn Carlisle, chaidh cuid de shaighdearan Gòrdanach Ghleann Buichead, ar mac Seumas nam measg, a chumail taic ri gearastan a' bhaile ach ghabh a' chuid a bu mhotha dhinn gu tuath a Ghlaschu agus an uair sin a Shruighlea, far an do chuir sinn sèist ris a' chaisteal. Sin a bha sinn ris nuair a choinnich na Seumasaich ris na Hanòbharaich aig Blàr na h-Eaglaise Brice. Chaidh an latha leinn agus bu mhòr an cliù a choisinn am Morair Lewis dha fhèin.'

'Feumaidh mi innse dhut dè tha iad ag ràdh san sgìre seo mun Mhorair Lewis,' arsa Mairead. 'Tha e air a bhith ro throm air an t-sluagh, agus e a' togail shaighdearan dhan arm.'

'Creididh mi sin,' fhreagair Teàrlach. 'Tha e buailteach a bhith ro dhealasach. Ach 's dòcha nach robh na Seumasaich dealasach gu leòr an dèidh Blàr na h-Eaglaise Brice. Rinn arm a' Phrionnsa a' chùis air feachd mòr fon duine ghràineil ud, an Seanailear Eanraig Hawley. Bha cothrom againn ruaig a dhèanamh air na Hanòbharaich ach leig sinn leotha teicheadh. Mearachd mhòr, chanainn-sa.

'Taobh a-staigh dà latha, fhuair sinn an naidheachd gun robh Diùc Chumberland air ballachan Charlisle a leagail agus gun robh ar saighdearan nam prìosanaich.'

'Agus Seumas…?' dh'fhaighnich Mairead.

Ghnog Teàrlach a cheann.

Bha sàmhchair ann airson greis. An uair sin, shuidh Mairead gu dìreach anns a' chathair. 'Tha fhios agam dè nì mi,' thuirt i. 'Iarraidh mi air an Urr Syme litir a sgrìobhadh do na breitheamhan ann an Sasainn. Seasaidh esan còraichean Sheumais, nach seas?'

Thionndaidh i gu Baraball, 'A Bharaball?'

'Ò seasaidh gu dearbh!' fhreagair ise. 'Is cinnteach gun seas.'

''S e deagh bheachd a tha sin, a Mhairead,' arsa Teàrlach, 'deagh bheachd an da-rìribh!'

Lean e air adhart, 'Chan urrainn dhomh fhìn dad a chobhair a dhèanamh do Sheumas an-dràsta, agus mise air an t-slighe a dh'Inbhir Nis. Mo thruaighe mi! Agus na Còtaichean Dearga air an dòigh a chionn 's gu bheil Diùc Chumberland aca mar an ceannard. Diùc Chumberland! Tha iad cho moiteil às. Ged as e fear òg a th' ann, tha iad ag ràdh gu bheil e na sheanailear math mar thoradh air na dh'fhiosraich e air blàran nan

Dùthchannan Ìosail. Cò aige a tha fhios dè thachras?'

Ach bha ceist a bharrachd aig Mairead do Theàrlach, agus cha b' urrainn dhi a bhith aig fois gun a bhith ga faighneachd. 'Agus dè cho fada a bhios tu...?'

'Bidh mi a' fuireach aig an taigh fad trì no ceithir làithean,' fhreagair Teàrlach. 'Tha mi duilich, ach sin mar a tha.'

Gus cuspair eile a thogail, thionndaidh e gu Baraball. 'Gabh mo leisgeul 'son a bhith cho mì-mhodhail, a Bharaball. Meal do naidheachd! Tha thu a' dol a phòsadh an Urr Ualtair Syme as t-samhradh. Tha mi an dòchas gum bi sibh toilichte le chèile.'

'Tapadh leibh, a dhuin' uasail,' fhreagair Baraball gu diùid.

'Nach ann fortanach a tha an t-Urr Syme,' arsa Mairead le fiamh a ghàire. 'Tha e air còrdadh rium gu mòr Baraball a bhith agam mar chompanach. Is iomadh oidhche dhorch a thug an eirmse aice togail dom chridhe.'

Bha a' ghaoth ag èirigh, a' sèideadh gu làidir bhon àird a tuath, a' feadalaich timcheall stuadhan a' chaisteil. Ach bha na companaich anns an talla mhòr blàth, tèarainte – bha a h-uile cofhurtachd aca ach sonas a chionn 's gun robh Seumas fo ghlais agus ann an cunnart cho fada gu deas.

13

Diùc Chumberland – Obar Dheathain, 1746

Sealladh a Trì – Obar Dheathain,
15mh den Mhàrt 1746

NA PEARSACHAN:
Am Prionnsa Uilleam Augustus, Diùc Chumberland
An Còirneal Iòsaph Yorke, *Aide de Camp* an Diùc
An Corpailear Iain MacThòmais, *batman* an Diùc

(Seòmar beag agus rudeigin dorch, duaichnidh ann an taigh ann an Obar Dheathain. Tha dà shèithear ann ri taobh an teine agus dreasair ris a' bhalla. Tha an Diùc na sheasamh aig an uinneig, còta glas clòimhe uime. Tha an Corpailear MacThòmais, èideadh a' chorpaileir air, a' pasgadh lèine gheal air an dreasair.)

DIÙC CHUMBERLAND: Thoir an sgàthan an seo, a Chorpaileir. An seo! Faisg air an uinneig!

(Tha gnogadh socair ann aig an doras agus tha an

Còirneal Yorke a' tighinn a-steach dhan t-seòmar. Tha còta glas clòimhe uime.)

Thig a-steach, Iòsaiph. Thig a-steach. Bha mi dìreach a' dol a bhearradh m' fheusaig. Thathar an dùil gum bi sinn a' fuireach ann an Obar Dheathain airson greis oir tha Uisge Spè ro àrd, ro chunnartach an-dràsta. Fhad 's a tha sinn anns a' bhaile, bu toigh leam deagh eisimpleir a nochdadh do na saighdearan agus do mhuinnir Obar Dheathain, truagh ged a tha iad. Bu chòir do dh'oifigearan an rìgh a bhith sgiobalta, spaideil. Chan eil mi airson feusagan fhaicinn idir. Fàgaidh sinn iad aig na Seumasaich, na daoine borbarra ud.

AN CÒIRNEAL YORKE *(fiamh a ghàire a' nochdadh air a ghnùis)*: Tha mi an dòchas nach eil a h-uile fear aca borbarra, ur Mòrachd.

DIÙC CHUMBERLAND: An cleachdadh tu facal eile? Is cinnteach gun cuala tu an sgeul a tha gan cur ri gàireachdainn ann an taighean cofaidh Lunnainn, 'Ma chuirear mial air bòrd, tionndaidhidh i a h-aodann ri a dachaigh ann an Alba!'

(Tha an Còirneal a' gnogadh a chinn.)

DIÙC CHUMBERLAND: Tha na Seumasaich nam biastan, nam brùidean. Chuir e brocaireachd no sealg an t-sionnaich nam chuimhne nuair a bha sinn air an tòir suas taobh an iar Shasainn gu Carlisle. Agus nach b' iadsan a bha fortanach. Mura b' e gun robh na Frangaich a' bagart ionnsaigh a dhèanamh air cost a deas na dùthcha agus m' athair ag iarraidh orm tilleadh dhan phrìomh bhaile, bhiodhte air an glacadh mus robh iad air crìochan na h-Alba a ruigsinn.

(Tha an Diùc a' bruidhinn ris a' Chorpailear MacThòmais.)

Thoir dhomh an ealtainn agus an strap leathair. Agus cùm grèim làidir air an sgàthan, a dhuine! Dè tha ceàrr ort? Tha thu air chrith!

(Tha an Diùc a' coimhead air fhèin anns an sgàthan agus an uair sin a' tionndadh chun a' Chòirneil.)

Mar a thachair, Iòsaiph, rug sinn orra aig baile beag Chlifton, ach bha iad a' feitheamh ri feall-fhalach a dhèanamh oirnn. Biodh sin mar a bhitheadh, mharbh ar saighdearan grunn math dhiubh mus do theich iad. Agus an uair sin fhuair sinn ceartas aig Carlisle. Rinn e làrach mhòr air saighdearan a' ghearastain nuair a chroch sinn ceathrar reubaltach far am faicte iad bho bhallachan a' bhaile. Is beag an t-iongnadh gun do ghèill iad.

AN CÒIRNEAL YORKE: Ach, ma tha mi ceart, ghèill iad le cumha, nach do ghèill?

DIÙC CHUMBERLAND: Tha thu ceart. Ghèill iad le cumha nach cuirte gu bàs iad anns a' bhad ach gum biodh iad a' feitheamh air toil m' athar. Dèanadh iad sin! Is mise a nì cinnteach gum bi iad a' faighinn bàs nam brathadairean, gu h-àraidh na Sasannaich a thrèig sinn. Nì mi cinnteach gun cumar ris a' pheanasachadh a bha air a shònrachadh dhan leithid. Faodaidh dùil a bhith acasan a thog an làmh an aghaidh an rìgh ri bhith air an crochadh, air an tarraing, agus air an gearradh nan cairtealan.

Tha na brathadairean Sasannach air mo chur fo sprochd, ach tha mi a' gabhail gràin de na h-Albannaich. Nach b' iadsan a bha glic, a' teicheadh à Derby mus do chuireadh às dhaibh. An creideadh tu nach robh aca ach trì mìle saighdear? Bha an Stiùbhartach òg den bheachd gum biodh daoine a' ruith gu a bhrataich fhad 's a bha e a' caismeachd gu deas ann an Sasainn. Nach b' esan a bha ceàrr!

AN CÒIRNEAL YORKE: Neònach, nuair a bu tric a bhiomaid a' cluinntinn mu na glainneachan a bha gan togail mar dheoch-slàinte dhan rìgh thall thar sàile.

DIÙC CHUMBERLAND: Deoch-slàinte! Chan eil teagamh agam gun do dh'òl mòran de na Tòraidhean deoch-slàinte ri Teàrlach Stiùbhart, am Prionnsa Bòidheach, ach bha fhios aca nach ionnan glainne fiona a thogail agus am fuil a dhòrtadh airson cùis nan Seumasach.

Ach thoir sùil air na h-Albannaich. Nuair a thig e gu cealgaireachd, is iadsan as miosa. Eisimpleir? Tha Cosmo Gòrdanach, Marcas Hunndaidh, na Hanòbharach dìleas ach tha a bhràthair òg, Lewis, na Sheumasach dealasach! Dh'fheumadh fear a bhith na dhearg amadan mus cuireadh e aon ghainmhein de dh'earbsa annta.

Air an làimh eile, cha bu chòir dhuinn a bhith

gam measadh ro ìosal mar luchd-sabaid an dèidh do dh'Eanraig Hawley ball-magaidh a dhèanamh dheth fhèin.

AN CÒIRNEAL YORKE: Aig Blàr na h-Eaglaise Brice, ur Mòrachd?

DIÙC CHUMBERLAND: 'S ann. 'S ann. Tha mi measail air Hawley. Tha e na oifigear ceart, dìreach, ach rinn e mearachd mhòr aig an Eaglais Bhric.
An cuala tu an sgeulachd mu dheidhinn? Nuair a rinn m' athair leifteanant-seanailear dheth an toiseach, ceannard an airm ann an Alba, b' e a' chiad rud a rinn e croichean a thogail ann an Dùn Èideann. Bha e an dòchas Seumasaich a chrochadh orra. Ach nuair a rinn na Seumasaich ionnsaigh air an arm aige air a' bhlàr faisg air an Eaglais Bhric cha robh e an dùil riutha – bha e a' smaoineachdadh nach biodh iad cho dàna. Bha e a' gabhail air a shocair agus a' mealtainn biadh blasta ann an cuideachd Leadaidh Chill Mhàrnaig! Ach nach b' esan a bha air a mhaslachadh, ged a fhuair e cofhurtachd an dèidh dha am blàr a chall ann a bhith a' crochadh fear no dhà de na saighdearan aige fhèin, a' cur às an leth gun robh iad nan gealtairean. Tha mi cinnteach gun robh sin na fhaothachadh dha.

AN CÒIRNEAL YORKE: Nam bheachd-sa, tha e ro throm air a shaighdearan fhèin. Tha e buailteach a bhith an-iochdmhor.

DIÙC CHUMBERLAND: An canadh tu sin, Iòsaiph? Ach

cha leigeadh ceannard armailt mhòir a leas a bhith fo chùram nan cante an-iochdmhor ris. Cha robh feachd mòr air a chumail aonaichte agus fo smachd a-riamh às aonais làimh làidir. Smaoinich air Hannibal. Cha robh ceannard ann an eachdraidh an t-saoghail a bha na bu truime air a shaighdearan. Mar a bha mi ag ràdh, 's e duine ceart, dìreach a tha ann an Eanraig Hawley.

Tha Blàr na h-Eaglaise Brice seachad ach tha leasanan rin ionnsachadh bhuaithe, agus bidh sinn gan ionnsachadh. Cuiridh sinn na seachdainean a bhios againn ann an Obar Dheathain gu feum ann a bhith gar deasachadh fhèin.

An sgrìobhadh tu an t-òrdugh seo sìos nad leabharchlàraidh, Iòsaiph, mas e do thoil e, agus an sgaoileadh tu e chun nan oifigearan cho luath 's as urrainn dhut: 'Tha e toirmisgte do ar saighdearan eagal a ghabhail ro ionnsaigh nan Gàidheal, an *Highland charge* mar a chanar ris.'

(Tha an Còirneal a' gnogadh a chinn.)

AN CÒIRNEAL YORKE: Sgrìobhadh, gu dearbh, ur Mòrachd.

DIÙC CHUMBERLAND: Bidh sinn ag obair air an dearbh rud fhad 's a bhios sinn a' fuireach ann an Obar Dheathain. Feumaidh na saighdearan seasamh gu stòlda ann an sreath-aghaidh a' bhlàir. Nuair a thig na Gàidheil, sàthadh gach saighdear le bheugaileid am fear-ionnsaigh gu a làimh dheis, nuair a bhios a ghàirdean an-àirde gu bualadh. Tha e sìmplidh gu leòr ach feumaidh sinn trèanadh a dhèanamh air fèin-smachd agus fèin-mhisneachd. Agus bidh e na eacarsaich mhath do na saighdearan-coise ann a bhith ag earbsadh às a chèile.

Nuair a sheasas sinn an aghaidh nan Seumasach, getà, chan eil mi an dùil gum bi mòran dhiubh a' ruigsinn ar sreath-aghaidh. Dh'ionnsaich mi aig Fontenoy mun mhilleadh a nì losgadh leantainneach nan gunnaichean mòra.

Cha bhi sinn ag obair air innleachdan den t-seòrsa seo gu poblach, mar a thuigeadh tu, Iòsaiph. Mu chost an ear na h-Alba, tha sinn ann an sgìre chèin, sgìre nàimhdeil. Tha taic làidir ann do na Seumasaich ann an Obar Dheathain, Ceann Phàdraig, Sròn na h-Aibhne agus Mon Rois. 'S iad puirt nan Seumasach. Agus tha am baile seo làn Easbaigeach agus Chaitligeach – 's e sin ri ràdh, làn Sheumasach! Is daor an ceannach a bhios aca mus till mi gu deas.

Bu chòir dhut falbh a-nis, Iòsaiph. Agus feumaidh mise m' fheusag a bhearradh.

(Fhad 's a tha an Còirneal a' falbh, tha an Diùc a' togail na h-ealtainn agus a' coimhead air fhèin a-rithist anns an sgàthan air a bheil an Corpailear fhathast a' cumail grèim teann. Tha an Diùc a' tòiseachadh air e fhèin a bhearradh.)

DIÙC CHUMBERLAND: Thoir an aire, a dhuine! Seall air dè a thug thu orm a dhèanamh! Gheàrr mi mo smiogaid leis an ealtainn agus tha an fhuil a' ruith mar eas! Faigh searbhadair dhomh. Greas ort!

Chan eil thusa nad Sheumasach, a bheil?!

14

An Dàrna Tilleadh

Caisteal Thìr Preasaidh,
20mh den Ghiblean 1746

SMUAISLICH BARABALL NA cadal tro uairean beaga na maidne. Chuala i cobhartaich nan con agus an doras mòr ga dhùnadh ach thill an t-sàmhchair agus thàinig clò-chadal oirre a-rithist.

Aig àm bracaist, thug i an aire gun robh Mairead Ghòrdanach a' coimhead sgìth agus anfhoiseil. Nuair nach robh an làthair ach an dithis aca, bha naidheachd aig Mairead ri innse do Bharaball.

'Tha mi ag earbsadh asad, a Bharaball,' arsa Mairead, 'ach na can guth ri duine beò mun a seo, ach a-mhàin dhan Urr Syme – agus thoir an aire nach eil duine sam bith a' dèanamh farchluais oirbh. Thàinig Teàrlach dhachaigh tron oidhche. Bha e air tighinn cho luath 's a ghabhadh bho Inbhir Nis, a' coiseachd thar nam beann. Cha robh each no fiù 's gearran aige.'

Thòisich na deòir a' ruith bho a sùilean. 'O chionn ceithir latha, dh'fhuiling na Seumasaich call uabhasach aig Cùil Lodair air Monadh Dhruim Athaisidh. A rèir na chunnaic Teàrlach le a shùilean fhèin, chaidh na mìltean de na Gàidheil a mharbhadh, an dà chuid air blàr a' chatha agus air na rathaidean agus na ceuman mu thimcheall fhad 's a bha na Seumasaich agus duine sam bith eile, boireannaich agus clann, a' teicheadh. Bha Diùc Chumberland agus na Còtaichean Dearga aige gun tròcair agus bha casgradh oillteil ann. Sgapadh iadsan a mhair beò a dhèanamh air an son fhèin. Thug mòran na beanntan orra.'

Shìn Baraball a làmhan a-null gu Mairead a ghabh iad na làmhan fhèin.

'Cha robh Teàrlach airson fuireach aig an taigh idir. Bha eagal air gum biodh Còtaichean Dearga air a thòir agus chaidh e dhan mhonadh, feuch am faigheadh e glac no slochd far am falaicheadh e e fhèin. Ach tha i cho fuar…'

'Cuin a bhios e a' tilleadh?'

'Dh'iarr mi air tilleadh aig dol fodha na grèine. Bidh e air a lathadh leis an fhuachd, agus feum aige air biadh teth agus deoch.'

'Fanaidh mi còmhla ribh an-diugh,' fhreagair Baraball. 'Cuiridh mi fios chun a' mhansa nach bi mi a' dol ann.'

**

Aig beul na h-oidhche, nochd Teàrlach a-rithist aig a' chaisteal. Bha e follaiseach dhan a h-uile duine gun robh atharrachadh mòr air tighinn air taobh a-staigh deich seachdainean. Cha b' ann a-mhàin gun robh e air mòran cuideim a chall agus gun robh aodach robach agus feusag air – bha coltas air mar gun robh a chridhe briste.

An dèidh dha biadh a ghabhail, bhruidhinn e gu sunndach ris a' chloinn mus fhalbhadh iad dhan leabaidh – cha robh e airson dragh sam bith a chur orra. Nuair a bha an taigh sàmhach agus an doras mòr glaiste, shuidh Teàrlach, Mairead, Baraball agus an t-Athair Mìcheal gan garadh fhèin ris an teine agus thòisich an t-uachdaran air bruidhinn ann an guth ìosal.

'Chan eil mi 'n dùil gun cualas dad a bharrachd mu dheidhinn Sheumais?' dh'fhaighnich e.

Chrath Mairead a ceann. 'Tha fhios agam gun do chuir an t-Urr Syme teisteas gu na h-ùghdarrasan ann an Southwark, a' toirt fianais air deagh bheus Sheumais. Bha e cho coibhneil 's gun do cheadaich e dhomh an teisteas a leughadh. Sgrìobh e gun robh e eòlach air Seumas on a bha e na leanabh, agus nach eil an gille ach na dheugaire a-nis. Ghuidh e orra gu dùrachdach gun nochdadh iad tròcair dha.'

''S e fìor dhuine uasal agus caraid dhuinn a th' anns a' mhinistear, gun teagamh,' thuirt Teàrlach. 'Agus 's e duine le Dia a th' ann. Feumaidh misneachd a bhith againn gun tèid gu math do Sheumas aig deireadh an latha.'

'Nach innis thu dhuinn dè thachair air a' bhlàr?' dh'fhaighnich Mairead.

'Innsidh, gu dearbh,' fhreagair Teàrlach. 'Tòisichidh mi aig an fhìor thoiseach.

'Choinnich mi ri Gòrdanach Ghleann Buichead agus a chòmhlan shaighdearan ann an Srath Bhalgaidh agus rinn sinn caismeachd gu tuath a dh'Inbhir Nis. Cha robh am Prionnsa anns a' bhaile aig an àm. Bha e air a dhol a dh'Eilginn airson latha no dhà far an robh e air fàs tinn leis an fhiabhras-chlèibhe. 'S e droch naidheachd a bha seo, ach bha a h-uile duine ag ùrnaigh dhan Tighearna gum faigheadh e seachad air agus gun tilleadh e a dh'aithghearr a dh'Inbhir Nis, a thaigh an Leadaidh Nic an Tòisich far am biodh e a' gabhail còmhnaidh.'

Ghnog Mairead a ceann.

'Ach cha b' e am Prionnsa a-mhàin nach robh ann an Inbhir Nis. Leis an fhìrinn innse, bha a' chuid mhòr den arm Sheumasach sgapte air feadh na dùthcha. Cha robh am Morair Seòras Moireach agus a chathbhuidheann air tilleadh fhathast bho bhith a' cur sèist ri Caisteal Bhlàr Athall. Bha Camshron Loch Iall, MacDhòmhnaill na Ceapaich agus na saighdearan aca a' cur sèist ri Cille Chumein agus ris a' Ghearasdan. A thuilleadh air sin, bha àireamh nach bu bheag de na saighdearan air falbh dhachaigh gus obair an fhearainn a dhèanamh agus coirce a chur. Agus iadsan a dh'fhan ann an Inbir Nis, bha iad air an sàrachadh agus air an lagachadh gu mòr le cion bìdh agus cion airgid. Cha d' fhuair na saighdearan ud ach dòrlach min-choirce gach latha às an stòras-airm. Aig an aon àm, bha am fathann a' dol mun cuairt gun robh Diùc Chumberland agus an t-arm Hanòbharach a' teannadh dlùth oirnn bhon àird an ear. Bha a h-uile coltas ann gum feumadh fuigheall an airm Sheumasaich roghainn a dhèanamh eadar dol a-mach a chogadh riutha no fuireach ann an Inbhir Nis leis an acras orra.'

'Dà dhiù gun aon roghainn, mar a thuirt an Caimbeulach,' ars an t-Athair Mìcheal.

'Tha thu ceart, Athair,' fhreagair Teàrlach le fiamh a ghàire. 'Gu fortanach, thàinig piseach air cùisean, gu ìre co-dhiù. Anns na seachdainean a lean, thill am Prionnsa, Seòras Moireach, Loch Iall agus Fear na Ceapaich a dh'Inbhir Nis. Nuair a thàinig e gu aon 's gu dhà, tha mi 'n dùil gur e am Prionnsa fhèin a rinn an cò-dhùnadh gum feumamaid seasamh an aghaidh nan Hanòbharach air Monadh Dhruim Athaisidh. Bha e air ionnsaigh iorghaileach nan Gàidheal fhaicinn aig Blàr Sliabh a' Chlamhain agus aig Blàr na h-Eaglaise Brice, agus 's dòcha gun robh e den bheachd nach fhaigheadh arm sam bith, fiù 's nam biodh Diùc Chumberland aige mar cheannard, làmh-an-uachdair orra. Ach cha chuir e iongnadh oirbh nach robh am Morair Moireach air an aon ghleus mu Mhonadh Dhruim Athaisidh. Thuirt e gum biodh am monadh còmhnard ud fàbharach do ghunnaichean nan Hanòbharach agus mì-fhàbharach do dh'ionnsaigh nan Gàidheal.

'A dh'aindeoin sin, chuireadh an t-arm Seumasach an òrdugh air a' mhonadh Disathairne sa chaidh. Ach nuair a thàinig am feasgar cha robh sgeul air Diùc Chumberland agus na Còtaichean Dearga idir. Mu dheireadh thall, chuala sinn gun robh iad a' campadh aig Inbhir Narann gun sùil aca air gluasad. Bha iad gu bhith a' mealtainn co-là-breith an Diùc a bha còig bliadhna air fhichead a dh'aois air an dearbh latha ud. Bhiodh biadh teth agus branndaidh aig na saighdearan aige.'

Chrath Teàrlach a cheann. 'Sin mar a bha.'

''S ann an uair sin a dhealbh am Morair Moireach

an innleachd gun dèanamaid ionnsaigh orra rè na h-oidhche fhad 's a bha iad air mhisg. Chòrd seo gu mòr ris a' Phrionnsa. Ghabh e ris sa bhad. Mar sin dheth, aig beul na h-oidhche thog sinn oirnn a dh'ionnsaigh Inbhir Narann, dà mhìle dheug an ear oirnn, ged nach robh sinn air biadh a ghabhail ach briosgaid no dhà.'

'Ò, a Theàrlaich!' arsa Mairead le co-fhaireachdainn.

'Cha deach gu math dhuinn idir. Bha an t-slighe mar bhoglach agus an oidhche cho dubh ri fitheach. Chaidh grunn math de na saighdearan againn air seachran anns na coilltean. Chuir sin dàil nach bu bheag air a' ghnothach agus mus do ràinig sinn an campa, bha na speuran a' soillearachadh agus na Hanòbharaich air an cois. Nuair a thàinig e a-steach air a' Mhorair Moireach gun robh sinn ro fhadalach 'son tighinn orra gun fhios, thug e a-mach òrdugh gum feumamaid tilleadh a Dhruim Athaisidh cho luath 's a ghabhadh. A' tilleadh gun dad ach an sgìths airson ar turais! Cha robh e na iongnadh gun do stad cuid de na saighdearan gus norrag a ghabhail air an t-slighe air ais. Agus mar a bhiodh dùil agaibh, bha briseadh-cridhe air a' Phrionnsa. "Chan eil roghainn againn," thuirt esan, "ach aghaidh a chur ris an nàmhaid air a' bhlàr mar churaidhean treuna."'

'Carson a bha biadh am pailteas aig na Còtaichean Dearga ged nach robh aig na Seumasaich ach briosgaidean?' dh'fhaighnich an t-Athair Mìcheal.

'Bha cabhlach an Rìgh Sheòrais a' cumail smachd air an loingeas ann an Linne Mhoireibh. Bha soithichean-solair trang a' toirt taic dhan Diùc agus da arm. Cha d' fhuair sinne càil.'

'Ach ciamar a b' urrainn dhuibh sabaid a dhèanamh air blàr a' chogaidh san staid seo?' dh'fhaighnich Mairead.

'Chan eil fhios agam dè bu mhiosa, an sgìths no an t-acras a bh' oirnn,' fhreagair Teàrlach. 'Co-dhiù, chuireadh sinn ann an òrdugh-catha a-rithist air Monadh Dhruim Athaisidh, ann an àite ris an canar Cùil Lodair. Nuair a nochd na Còtaichean Dearga ann an dà shreath, nan leth-ruith, bha e follaiseach dhuinn gun robh iad sgiobalta agus air an deagh dhriligeadh. Bha arm mòr aca cuideachd, a dhà uimhir 's a bh' againne ach, a' cumail air chuimhne mar a chuir na Gàidheil an ruaig air na Hanòbharaich aig Blàr Sliabh a' Chlamhain agus aig an Eaglais Bhric, cha do chaill sinn ar dòchas idir. Uill, cha do chaill gus an do thòisich na gunnaichean mòra aca.

'Chan eil e furasta tuairisgeul a dhèanamh air a' chath a lean. Chan fhaca mi mòran an toiseach gu h-àraidh leis mar a bha a' ghaoth an ear gar dalladh le ceò agus flin. Bha mi ann an còmhlan Iain Ghleann Buichead air an dàrna sreath agus cha robh againn ach a bhith a' seasamh agus a' feitheamh fhad 's a rinn gunnaichean nan Hanòbharach milleadh air na Camshronaich agus Clann Dòmhnaill air an t-sreath-aghaidh.

'Lean na gunnaichean orra, fad deich mionaidean co-dhiù. Bha na Gàidheil ag èigheach aig àrd an claigeann gun robh iad airson ionnsaigh a dhèanamh gun dàil, airson ruith an aghaidh an nàmhaid mar a rinn iad roimhe, ach cha tàinig an t-òrdugh ged a bha na gunnaichean gan leagail nan ceudan. Bha coltas ann gun robh na Hanòbharaich a' cleachdadh *grapeshot* agus spruilleach meatailt den a h-uile sheòrsa. Agus bha sinne gar casgradh.'

Chrath Teàrlach a cheann. 'Bha e do-chreidsinneach na dhòirteadh de dh'fhuil. Nar leigeadh Dia gum faicinn sin a-rithist rim bheò.'

'Fois shìorraidh dhan anman,' thuirt an t-Athair Mìcheal gu socair, a' dèanamh comharradh na croise.

''S ann mun àm seo a nochd am Morair Seòras Moireach air ar beulaibh. Bha e air ad a chall agus bha a chlaidheamh briste ach ghairm e oirnn a leantainn gus sabaid a dhèanamh an aghaidh nan Còtaichean Dearga. Is sinne a bha deiseil is deònach! Ach mus do choinnich sinn ri sreath-aghaidh an nàmhaid, chuir na Camshronaich stad oirnn – bha iadsan a' dèanamh ratreut. Dh'èigh iad oirnn a dhol air ais. Is gann a b' urrainn dhuinn a chreidsinn ach bha an t-arm uasal Seumasach air a bhith air a sgrios taobh a-staigh dà fhichead mhionaid. Thug Iain Ghleann Buichead an t-òrdugh dhuinn teicheadh, gum bu chòir do gach fear againn dèanamh air a shon fhèin.

'A' fàgail Dhruim Athaisidh, thachair sinn ri cath-bhuidheann a' Phrionnsa. Bha iad a' teicheadh, a' dol a Bhaile a' Bhràghaid an ear air a' Mhòigh. Chaidh sinn còmhla riutha, an dùil gun coisicheamaid dhachaigh. Ach thàinig eachraidh nan Hanòbharach air ar tòir, a' gearradh dhaoine sìos fhad 's a bha iad a' feuchainn ri faighinn air falbh. Bha tuigse againn a-nis air mì-chneastachd saighdearan an Diùc agus thog sinn oirnn cho luath 's a ghabhadh.'

'Saoil an rachadh cùisean na b' fheàrr dhuibh nan

gèilleadh sibh do shaighdearan Dhiùc Chumberland?' dh'fhaighnich an t-Athair Mìcheal. 'Is cinnteach gu bheil riaghailtean ann a thaobh cùram 'son nan leòntach air an fhaiche.'

'Tha gu dearbh, Athair, ach chan fhaca mise ach casgradh, casgradh nan leòntach. Bha na Còtaichean Dearga air bhoil le gràin dar taobh-ne. Chunnaic mi lem shùilean fhìn ar saighdearan a' tilgeil sìos an armachd, a' gèilleadh do na Còtaichean Dearga. Chaidh am marbhadh far an robh iad a' seasamh. Cha do chaomhain na Hanòbharaich iad. 'S ann a bha e mar gun robh iad fo òrdugh a bhith a' cur às dhuinn uile gu lèir, *no quarter*.'

'Ach cuiridh an Diùc casg air giùlan borb a shaighdearan, nach cuir?' dh'fhaighnich Mairead. ''S e duine uasal a th' ann, nach e? Tha e na phrionnsa, mac an Rìgh Sheòrais. Bidh daonnachd na chridhe, nach bi?'

'Bithidh, gu dearbh. Tha mi cinnteach gum bi,' fhreagair Teàrlach, mar gun robh e a' feuchainn ri misneachd a thoirt da mhnaoi.

Bha sàmhchair ann airson greis, agus a h-uile duine ag amharc air an teine, a' gabhail cofhurtachd mar a b' fhèarr a b' urrainn dhaibh bhon t-solas agus bhon bhlàths a bha ann.

'Bidh mi a' fuireach aig an taigh a-nochd,' arsa Teàrlach. 'Bidh e sàbhailte gu leòr. Ach feumaidh mi tilleadh dhan arm Sheumasach an ceann latha no dhà. Tha mi 'n dùil gum bi Gòrdanach Ghleann Buichead 'son a shaighdearan a chruinneachadh a-rithist. Chan fhaca sinn deireadh a' ghnothaich aig Cùil Lodair, idir. Chan urrainn sin a bhith.'

'Ò a Thèarlaich!' dh'èigh Mairead. Ghabh i a ceann na làmhan.

Chrom Teàrlach a cheann gu sòlaimte. 'An nì a dh'fheumar, feumar,' ars esan.

Thionndaidh e ris an t-sagart. 'Athair Mhìcheil, an cuartaicheadh sibh Ùrnaigh Fheasgair dhuinn, mas e ur toil e, a' cuimhneachadh gu sònraichte anns na h-eadar-ghuidhean air slàinte agus sàbhailteachd Sheumais?'

'Nì mi sin gun dàil,' fhreagair an sagart. Dh'èirich e air a chasan. 'Thèid mi a dh'fhaighinn an Leabhair Ùrnaigh.'

Nuair a thill e leis an leabhar agus a phaidir, rinn e comharradh na croise agus chaidh e air a ghlùinean.

15

Diùc Chumberland – Inbhir Nis, 1746

Sealladh a Ceithir – Inbhir Nis,
20mh den Ghiblean 1746

NA PEARSACHAN:
Am Prionnsa Uilleam Augustus, Diùc Chumberland
An Còirneal Iòsaph Yorke, *Aide de Camp* an Diùc

(Anmoch air an oidhche. Seòmar beag, spaideal ann an Taigh an Leadaidh Nic an Tòisich, Sràid na h-Eaglaise, Inbhir Nis. Tha teine math a' dol anns an àite-tèine agus tha coinnlean ann an coinnlear air a' bhòrd, far am faicear botal branndaidh agus dà ghlainne. Tha an Diùc a' lìonadh nan glainneachan agus a' toirt tè dhiubh dhan Chòirneal. Tha e a' togail na glainne aige fhèin airson deoch-slàinte a dhèanamh. Tha an dithis aca ann an èideadh armailteach, seacaidean fada dearga umpa.)

DIÙC CHUMBERLAND: An Rìgh!

AN CÒIRNEAL YORKE: An Rìgh!

(Tha an dithis aca a' gabhail balgam den bhranndaidh.)

DIÙC CHUMBERLAND: Fhuair sinn ceartas, mu dheireadh thall, a Iòsaiph. Ged nach robh teagamh ann a-riamh gum faigheamaid. Agus ceadaich dhomh seo a ràdh – bha sinn òirdheirc air blàr a' chogaidh!

AN CÒIRNEAL YORKE: Ma dh'fhaodas mi a ràdh, ur Mòrachd, chuir sibh fàilte bhlàth Hanòbharach air a' Phrionnsa Teàrlach agus arm Sheumasach.

DIÙC CHUMBERLAND: Chuir, gu dearbh. Nach sinne a thug leasan dhaibh ann an ùine ghoirid! Ach cha robh mi an dùil gun toireadh e ùine mhòr.
B' e deagh thoiseach-tòiseachaidh a bha ann ann a bhith a' dìon rìoghachd m' athar. Ach tha tòrr obrach agam ri dhèanamh fhathast, ann am faclan m' athar fhèin, 'a' cleachdadh gach goireas a bhiodh riatanach gus na Seumasaich a dhubhadh às.'

AN CÒIRNEAL YORKE *(a' togail a ghlainne)*: Mealaibh ur naidheachd, ur Mòrachd.

DIÙC CHUMBERLAND: Tha mi an dùil gum bi feadhainn ann a bhios a' meòrachadh air carson a chaidh cho math dhan arm agam. Dh'innsinn dhaibh an fhreagairt ann an dà fhacal. Smachd! Deasachadh!

Dh'fheumainn aideachadh gum b' ann agamsa an àireamh a bu mhotha de shaighdearan ach chan e sin as adhbhar gun tug sinn buaidh air na Seumasaich. Ma dh'fhaodte nach robh mòran fiosrachaidh aca air innleachdan-catha, ach chuir mise an t-eòlas a fhuair mi aig Blàr Fontenoy gu feum aig Cùil Lodair – am faca tu mar a leag losgadh leantainneach nan gunnaichean ceudan de na Gàidheil fiù 's mus do rinn iad ionnsaigh oirnn? Bha an *grapeshot* air leth èifeachdach. Gheàrr e sìos iad. Agus iadsan a ràinig sreath-aghaidh nan Còtaichean Dearga, dh'fhairich iad ceann biorach am beugaileidean. Cha b' urrainn a bhith na b' fheàrr. Tha mi moiteil às na saighdearan agam.

Cha mhise an Seanailear Cope! Cha mhise Eanraig Hawley! Mar a bha mi ag ràdh – smachd, deasachadh.

AN CÒIRNEAL YORKE: Chan eil teagamh ann gu bheil sibh ceart, ur Mòrachd. Agus, bho bhith a' leughadh nan litrichean agus nan notaichean a chaidh air ais agus air adhart eadar Teàrlach Stiùbhart agus na h-oifigearan Seumasach air a' bhlàr, b' iad smachd agus deasachadh na dearbh fheartan a bha a dhìth orra. Chan fhaca mi a-riamh a leithid de chonnsachadh. Ach, bu chòir dhomh innse dhuibh gu bheil feadhainn ann a tha a' bruidhinn mun chasgradh a lean am blàr. Chan eil iad toilichte mu dheidhinn.

DIÙC CHUMBERLAND: Nach eil? Ach nuair a dh'fhuilingeas gràisg de bhrathadairean mar sin call, faodaidh dùil a bhith aca ri casgradh. Cha robh iad airidh air tròcair. Agus an robh iad a' dol a nochdadh tròcair dhuinne nuair a dhealbh iad ionnsaigh a dhèanamh oirnn rè na h-oidhche aig Inbhir Narann? Bha iad a' dol gar sàthadh tro bhallachan ar pùballan fhad 's a bha sinn nar cadal. Nach math gun do rinn iad butarrais dheth!

AN CÒIRNEAL YORKE: 'S e, gu dearbh. Ach thathar ag ràdh gu bheil còrr is trì mile marbh, eadar am blàr agus an rathad a dh'Inbhir Nis. Mharbh na Còtaichean Dearga na leòntaich agus duine sam bith a bha a' teicheadh. Tuigidh mi na bha air inntinn nan saighdearan – bha iad airson dìoghaltas fhaighinn an dèidh nan call aig Blàr Sliabh a' Chlamhain agus Blàr na h-Eaglaise Brice, airson an cliù a chosnadh air ais dhaibh fhèin. Ach chan eil teagamh ann gun do rinn iad casgradh uabhasach.

DIÙC CHUMBERLAND: Cha bhi diofar ann aig deireadh an latha, Iòsaiph. 'S e a tha agam nam inntinn a bhith a' cur às dhan a h-uile brathadair. Tha sinn a' dol a rannsachadh na dùthcha duirch duaichnidh seo gus nach fhaigh iad àite anns an cuir iad an ceann fodha. B' iadsan a fhuair bàs aithghearr le faobhar a' chlaidheimh an fheadhainn a bha fortanach.

B' fheàrr leam a bhith ceart seach a bhith lag anns a' chùis agus tha mi toilichte gu bheil fo-cheannardan agam a tha air an aon ghleus riumsa, oifigearan treibhdhireach, treuna, a roghnaich mi fhìn. Tha fhios aca dè a dh'fheumar a dhèanamh. Cuiridh mi an Seanailear Iain Caimbeul os cionn nan longan-cogaidh a' bhios a' cumail sùil air na h-Eileanan Siar. Is duine math an Caiptean Iain Fearghasdan, cuideachd. Agus bidh an Caiptean Caroline Scott a' rannsachadh nan gleann, a shùil a-mach airson Gàidheil sam bith a rinn ceannairc an aghaidh an rìgh.

AN CÒIRNEAL YORKE *(a' gnogadh a chinn)*: Tha fathann a' dol mun cuairt mun Chaiptean Scott. Gun do leig e a chuideam air ceann a bhata, a' gàireachdainn fhad 's a bha dithis reubaltach gan crochadh agus gam bàthadh ann an eas muilinn.

DIÙC CHUMBERLAND: 'S dòcha nach eil e fìor. Air an làimh eile, mar a bha mi ag ràdh, feumaidh na h-oifigearan agam a bhith treun, treibhdhireach, ceart. 'S e an nì a bu mhiann leam, ge-tà, Teàrlach Stiùbhart a chur an grèim. Tha e ann an Alba fhathast agus cha tèid e às. Tha duais-bhrathaidh £30,000 air a cheann. Bidh na Gàidheil ga thoirt suas airson airgead cho mòr ri sin, gun teagamh. Chì iad gun robh cùis nan Seumasach air a leagail gu talamh air Blàr Chùil Lodair.

AN CÒIRNEAL YORKE: Tha mi an dòchas gu bheil sibh ceart, ur Mòrachd, agus nach fhaicear gu bràth muinntir an eilein seo a' cogadh an aghaidh a chèile.

(Tha an dithis fhear nan seasamh gun fhacal a bharrachd a ràdh, a' mealtainn blàths an teine.)

16

Ualtar agus Baraball

Tulach Neasail,
an Samhradh 1746

AN TOISEACH, CHUIR an naidheachd gun robh an t-Urr Ualtar Syme agus Baraball Chalder fo ghealladh-pòsaidh iongnadh air muinntir Thulach Neasail ach, mar na daoine stòlda a bha annta, ghabh iad ris. Bha iad ag earbsadh às a' mhinistear ann an gnothaichean saoghalta cho math ri gnothaichean nèamhaidh agus cha chuireadh duine sam bith na aghaidh gun robh Baraball na boireannach òg àlainn. Bhiodh i na cofhurtachd dhan mhinistear, gun teagamh, an dèidh dha a' chiad bhean a chall. Ma dh'fhaodte gum biodh clann aca. Bhiodh sin na bheannachd dhaibh.

Chùm Màiri agus Mairead orra taic a thoirt dhan athair anns a h-uile dòigh a b' urrainn dhaibh. Bha spèis mhòr aca dha agus cha dùraigeadh iad a ràdh, ach a-mhàin ri chèile os ìosal, gun robh teagamhan aca fhathast mu Bharaball. Thàinig an t-Urr Seumas Syme, mac Ualtair agus ministear Alloa, dhachaigh seachdain ro latha na bainnse. B' e duine dìreach, modhail a bha ann, coltach ri athair, agus rinn e co-ghàirdeachas dùrachdach ris, ag ràdh gum biodh e na urram dha taic a thoirt dhan Urr Orem, ministear sgìre Fhoirbeis, aig an t-seirbheis-phòsaidh. Bha cuimhne aige air Baraball mar shearbhanta anns na bliadhnaichean a dh'fhalbh agus e a' tadhal air a phàrantan. Cha robh e air mòran suim a ghabhail dhith aig an àm ud ach nuair a choinnich e rithe a-rithist mar an tè a bha athair a' dol a phòsadh chuir e fàilte chridheil oirre.

Air an latha mhòr, an 29mh den Chèitean, bha Eaglais Thulach Neasail loma-làn de dhaoine bhon pharaiste. Chòisich Baraball sìos tron eaglais air achlais a co-ogha, Dòmhnall. Bha i a' coimhead cho bòidheach ri sòbhrag a' ghlinne, agus dreasa fhada oirre a bha Mairead Ghòrdanach air a thoirt dhi. Chaidh a h-uile rud mar bu chòir agus taobh a-staigh uair a thìde bha Ualtar agus Baraball a' tighinn a-mach air doras mòr na h-eaglaise mar chàraid phòsta.

Chaidh na seachdainean seachad agus bha a h-uile coltas ann gun robh Baraball a' gabhail ris an t-suidheachadh ùr aice anns a' mhansa. Bha i deànadach timcheall an taighe agus coibhneil do na nigheanan ann an dòigh a bha gu tur nàdarrach. Air an làimh eile, cha robh i cho buailteach a bhith ri fealla-dha: bha i na bu chiùine 's na bu mhodhaile na bha i roimhe.

Ged nach tuirt e mòran, bha Ualtar aighearach agus moiteil às a mhnaoi. Thug na nigheanan an aire gun robh e a' feuchainn ri Baraball a ghabhail a-steach dhan t-saoghal phearsanta aige, ag innse dhi mu na rudan a bha a' togail ùidhe, ag iarraidh a comhairle air gnothaichean na paraiste. Bha e mar gun robh uallach a' tighinn, mean air mhean, far a ghuailnean.

Mar sin dheth, thàinig e mar chlach às an adhar nuair a dhùisg Ualtar Diluan an t-aonamh latha deug den Iuchar a dh'fhaicinn pìos pàipeir air a' bhòrd anns a' chidsin air an robh an teachdaireachd ann an làmh-sgrìobhadh Barabaill, 'Duilich. Feumaidh mi falbh. Cha till mi.' Bha Baraball air am mansa fhàgail.

Chuir seo Ualtar troimh-a-chèile buileach agus, gun a bhith a' feitheamh gus a bhracaist a ghabhail, thog e air a lorg Barabaill. Bha e an dùil gun robh i air a dhol a dh'Àfard agus chaidh e dhan aiseig aig Bàta Fhoirbeis. Nuair a dh'fhaighnich e de dh'fhear a' bhàta an robh e air Baraball fhaicinn, fhreagair e gun robh, o chionn uair a thìde. Bha e air iongnadh a chur air nuair a bha i air nochdadh aig a' bhothan aige cho tràth anns a' mhadainn ach thuirt e gun robh i air a bhith ann an sunnd math.

Ann an Àfard, chaidh Ualtar dhan taigh-sheinnse. Cha robh Baraball ann. Ach nuair a chunnaic an t-òstair gun robh Ualtar fo àmhghar, thuirt e ris, "S dòcha gum biodh fhios aig Raibeart Laird aig Bail' Dhaibhidh Bhàin.'

Chùm Ualtar air dhan bhaile-fhearainn seo, dà mhìle an ear air Àfard. B' aithne dha Raibeart Laird bhon àm nuair a bha e air a bhith na mhaighstir-sgoile anns a' bhaile-bheag. Bha Raibeart na thuathanach, na dhuine cràbhach agus na èildear aig eaglais Àfaird.

B' i Beathag, bean Raibeirt, a chuir fàilte air Ualtar an toiseach. Dh'iarr i air suidhe sìos ann an ceann shuas an taighe agus cupan bainne a ghabhail fhad 's a bha i a' faighinn lorg air an duine aice.

Bha Raibeart air a dhòigh a bhith a' faicinn a' mhinisteir, ach nuair a fhuair e a-mach fàth a thurais, nochd fiamh sòlaimte air a ghnùis. 'Chan urrainn dhomh a bhith cinnteach, a Mhaighstir,' ars esan, 'ach tha mi an amharas gu bheil ar mac, Daibhidh, an sàs anns a' ghnothach.'

Dh'iarr Raibeart air a mhnaoi cupan teatha a dhèanamh dhaibh mus tòisicheadh e air an sgeulachd.

'A bheil fhios agaibh, a Mhaighstir, gun robh gaol mòr aig Daibhidh air ur bean Baraball anns na bliadhnaichean mus deach i a dh'obair aig mansa Thulach Neasail?'

'Tha,' fhreagair Ualtar. 'Dh'innis i dhomh gun robh iad an dùil pòsadh.'

Ghnog Raibeart a cheann. 'Bha. Ach thachair rudeigin... Gu ìre, 's e mo choire fhèin a bh' ann.'

Rinn Raibeart osna mus do lean e air. 'Oidhche a bha seo, o chionn còig bliadhna, chuala mi èigheach san t-sabhal. Bha Daibhidh mu ochd bliadhna deug a dh'aois ag an àm. Fhuair mi e còmhla ri dithis charaidean ag òl bho bhotal uisge-beatha. Chan eil fhios agam càit' an d' fhuair iad an t-uisge-beatha ach bha e follaiseach dhomh sa bhad gun robh iad air mhisg. Bha iad a' gàireachdainn agus a' damanaich, a' toirt ainm an Tighearna an dìomhanas. Ghabh mi an cuthach. Thilg mi a-mach às an t-sabhal iad agus dhòirt mi na bha air fhàgail den uisge-beatha air an talamh. Thug mi droinneadh do Dhaibhidh nach dìochuimhnicheadh e gu bràth.

'An ath mhadainn, cha robh e aig an taigh. An toiseach, cha robh sinn fo iomagain mu dheidhinn. Bha sinn an dùil gum biodh e a' cumail a cheann fodha còmhla ri a charaidean. Ach thàinig ciaradh an fheasgair agus cha robh sgeul air. An ath latha, chaidh sinn a choimhead air ar nàbaidhean feuch am biodh fhios sam bith aca mu dheidhinn. Bha sinn gu bhith a' toirt dùil thairis nuair a dh'innis Pàdraig MacAlasdair aig Tulaich Phùraidh dhomh gum faca e Daibhidh air an rathad a dh'Obar Dheathain tràth sa mhadainn an latha roimhe.

'An t-seachdain ud, chaidh mi a dh'Obar Dheathain air muin eich, ach thill mi nam aonar. Cha robh sgeul air Daibhidh.

'Nochd e aig an taigh Dihaoine 'son a' chiad uair ann an trì bliadhna. Bha sinn air ar dòigh, mar a thuigeadh sibh, mar gun robh am mac stròdhail air tilleadh, ach a-mhàin gun do dh'fhalbh Daibhidh gun sgillinn ruadh na phocaid. Ghuidh mi mathanas airson a bhualadh cho trom an oidhche ud anns an t-sabhal agus thug e sin dhomh gu fialaidh. Thuirt e nach robh mi air càil ceàrr a dhèanamh idir, ach gun robh e airidh air. Mar a thachair, bha e air obair fhaighinn ann an Obar Dheathain gun duilgheadas sam bith, ann an taigh-bathair faisg air a' chaladh. Bha am marsant leis an robh an gnìomhachas coibhneil dha ach thàinig an latha, taing do Dhia, nuair a bha fhios aige gum feumadh e tilleadh dhachaigh.

'Cha b' fhada gus an robh Daibhidh a' cur cheistean oirnn mu Bharaball agus dh'innis sinn dha mun bhanais. Chaidh e air chuairt mun sgìre Disathairne agus sa mhadainn an-diugh bha e airson dol a dh'aiteigin air muin eich. Thug mi cead dha diollaid a chur air an àigeach. Cha robh fhios agam dè bha na inntinn ach cha robh mi airson bacadh a chur air. Saoil an robh e a' dol a choinneachadh ri Baraball?'

Bha sàmhchair ann airson greiseag mus do bhruidhinn Ualtar. 'Chanainn-sa nach e co-thuiteamas a th' ann,' ars esan. 'Bidh Daibhidh agus Baraball còmhla ri chèile. Bha fhios agam mun ghaol a bha eatarra aig aon àm. Cha mhòr nach do bhris e a cridhe nuair a dh'fhalbh e o chionn trì bliadhna air ais gun fhacal a ràdh.'

'Mas ann mar sin a tha e,' arsa Beathag, 'tha mi gu dearbh duilich, a Mhaighstir, gun d' fhuair sibh an droch dhìol seo.'

Bha ceann crom air Ualtar agus e, a rèir coltais, a' sgrùdadh a làmhan gu mionaideach. 'Mas ann mar sin a tha e,' thuirt e, a' dèanamh mac-talla de dh'fhaclan Beathaig. An uair sin thog e a cheann. 'Ach feumaidh mi falbh. Bidh mo nigheanan a' feitheamh orm.'

Dh'èirich e air a chasan. 'Tha mi 'n dòchas gu bheil Baraball agus Daibhidh sàbhailte, ge bith càit' a bheil iad, agus gum bi naidheachd agaibh orra ro dheireadh an latha.'

Bha Raibeart airson Ualtar a thoirt a Bhàta Fhoirbeis anns a' charbad-eich aige ach fhreagair Ualtar gu modhail gum b' fheàrr leis coiseachd. Bha feum aige air fois agus tìde na aonar a bhith a' meòrachadh air dè a bu chòir a dhèanamh.

* * *

Bha e gu bhith uair feasgar mus do ràinig Ualtar am mansa. Bha Màiri agus Mairead air a bhith fo iomagain mu dheidhinn an dèidh dhaibh teachdaireachd Barabaill a leughadh. Thug iad fàsgadh dan athair agus threòraich iad e chun na cathrach aige anns an t-seòmar-shuidhe. Bha iad nan cabhaig cupan teatha a dhèanamh dha mus gabhadh e biadh.

Dh'èist na nigheanan gu dlùth fhad 's a bha Ualtar ag innse an sgeòil dhaibh mar a bha e air a chluinntinn aig Bail' Dhaibhidh Bhàin. Mus do chuir e crìoch air, bha Mairead a' gul.

'Na bi a' cur ort fhèin, a Mhairead,' ars Ualtar. 'Chan eil fhios againn le cinnt...'

Bha fearg air Màiri. 'Sin an Daibhidh air an do bhruidhinn i rium. Ach thuirt i gun robh e air a trèigsinn agus gun robh i air gabhail ribhse, athair, mar an duine aice. Rinn i bòidean fa chomhair an Tighearna, fa chomhair muinntir na paraiste, gun toireadh i gràdh dhuibh agus gum biodh i dìleas dhuibh fad a beatha. An uair sin rinn i seo taobh a-staigh dà mhìos! Agus sibh fhèin cho còir coibhneil dhi.'

'Bha mi eòlach air an sgeul ud mu Dhaibhidh Laird mus do phòs sinn,' ars Ualtar gu socair. 'Dh'innis i dhomh mu dheidhinn. Tha thu ceart mu na bòidean a thug i seachad, ach tha mi air a bhith a' feuchainn ri a tuigsinn. 'S dòcha gur e Daibhidh Laird gaol a cridhe. Bhiodh e doirbh dhi...'

'Athair!' dh'èigh Màiri. 'Tha sibh a' dol ro fhada nur coibhneas Crìosdail! Ma tha i còmhla ri Daibhidh Laird, tha i air ur brath.'

Thog Ualtar a làmh an-àird. 'Tha thu air do

mhealladh ma tha thu den bheachd nach eil mi air mo chiùrradh leis a seo,' fhreagair e. 'Air mo chiùrradh. Ach 's i a' phròis agam a tha leònta. Ged as e ministear na h-eaglaise a th' annam, leth-cheud 's a trì bliadhna a dh'aois, tha mi pròiseil, fèineil. Tha mi nam chùis-mhaslaidh.

'Bha mi a' tòiseachadh air Baraball a ghràdhachadh, a' tòiseachadh air smaoineachadh gur ann leamsa a bha i.' Ghabh e a cheann na làmhan. ''S e duine truagh a th' annam.'

Chuir Màiri agus Mairead an gàirdeanan timcheall guailnean an athar. 'Bidh gràdh againne oirbh gu bràth, athair,' thuirt Mairead.

Cha robh facal a bharrachd ri ràdh.

* * *

Cha robh an t-seachdain a lean furasta idir do dh'Ualtar. Bha e na chaithris tron oidhche no a' cur charan dheth na leabaidh. Cha robh fhios aige dè a dh'iarradh e air an Tighearna nuair a bha e ri ùrnaigh, ach a-mhàin airson an neirt air am biodh feum aige airson gabhail ri toil Dhè, ge b' e air bith dè a bhiodh ann.

Cha robh guth air Baraball.

Air madainn na Sàbaid, sia latha an dèidh dhi falbh, choisich Ualtar a-steach dhan eaglais, am beadal ceum air thoiseach air a' giùlan a' Bhìobaill mar a b' àbhaist. Aon uair 's gun robh e na sheasamh anns a' chùbaid, bha e follaiseach dhan choitheanal gun robh am ministear aca sgìth agus brònach. Cha mhòr nach robh an eaglais làn, ach cha b' urrainn do dh'Ualtar gun a bhith ag amharc air an t-suidheachan fhalamh ri taobh a nigheanan far am bu chòir do Bharaball a bhith na suidhe.

Cha robh muinntir na paraiste buailteach a bhith a' dèanamh gobaireachd ach bha a' mhòr-chuid dhiubh eòlach air suidheachadh duilich a' mhinisteir. Nuair a bha iad a' leantainn air fear togail-an-fhuinn ann a bhith a' seinn nan salm, dh'aithnicheadh Ualtar am blàths agus a' cho-fhaireachdainn nan guthan. Bha sàmhchair dhomhainn ann fhad 's a bha e a' searmonachadh agus, aig deireadh na seirbheis, dh'fhan mòran de na fir aig doras na h-eaglaise gus am beannaicheadh e an latha dhaibh.

Chuidich am beadal Ualtar an gùn dubh a thoirt dheth mar a rinn e a h-uile Sàbaid agus, a' coiseachd air ais dhan mhansa, bha e a' faireachdainn na b' fheàrr na bha e air a bhith fad na seachdain. Bha an t-seirbheis agus giùlan muinntir na paraiste air togail a thoirt dha.

Thug Ualtar an aire gun robh fear òg ann, an dà chuid eireachdail agus spaideil, a' feitheamh air ri taobh doras a' mhansa. Thug am fear òg ceum air adhart. 'Gabhaibh mo leisgeul, a Mhaighstir,' thuirt e. 'Am faod mi facal fhaighinn oirbh?'

Thuig Ualtar anns a' bhad.

'Is mise Daibhidh Laird.'

17

A' Cheist

Mansa Thulach Neasail,
13mh den Lùnastal 1746

CHA ROBH DÒIGH às ann. Dh'fheumadh Ualtar tagradh a chur a-steach do Chùirt nan Comasar ag iarraidh sgaradh-pòsaidh bho Bharaball: bha i a' fuireach a-nis còmhla ri Daibhidh Laird; bha i air Ualtar a thrèigsinn. Cha robh duine sam bith a' dol às àicheadh gun robh i ri adhaltranas. Cha robh an suidheachadh seo a' còrdadh ri Ualtar idir, ach bha e na chofurtachd mhòr dha gun robh muinntir Thulach Neasail a' seasamh gualann ri gualainn ris.

Cha robh Ualtar a' faighinn cadal riaghailteach. Bha e troimhe-a-chèile fhathast, an aon cheist a' buaireadh inntinn gun stad: carson a bha e air Baraball a roghnachadh mar mhnaoi? Mus robh e air an tairgse-phòsaidh a dhèanamh dhi, bha e air a bhith ri ùrnaigh uair is uair a' sireadh toil Dhè anns a' ghnothach. Bha e air a bhith cinnteach gun robh e air comhairle Dhè a chluinntinn gu soilleir. Ach an robh? No an robh e air Baraball a phòsadh a rèir a mhiann fhèin? Am b' e bòidhchead agus beòthalachd Barabaill a thug buaidh air? An robh e airson brath a ghabhail air a' bhoireannach òg seo a chionn 's gun robh i na searbhanta na thaigh, an dèidh dha cluinntinn gun d' fhuair i briseadh-cridhe bho dhuine eile?

Ach bha mìneachadh eile air am feumadh e a bhith a' meòrachadh. Bha an sgaradh-pòsaidh agus a h-uile nì a bha na lùib òrdaichte dha le Dia agus bha leasanan ann rin ionnsachadh. An dèidh do Bharaball a thrèigsinn airson fear eile, fear eireachdail, fear na b' òige, bha Ualtar air a bhith mothachail air fearg ag èirigh suas na inntinn; thigeadh smaointean searbha gu bàrr mu Bharaball agus Daibhidh gus am biodh blas mì-chàilear an dìoghaltais na bheul. Cha b' ann mar sin a bha Ualtar air a bhith roimhe seo idir, agus cha b' ann mar sin a dh'iarradh e a bhith anns an àm ri teachd. Dè cho tric 's a bha e air a ràdh riuthasan a bha fo bhuaireas anns na bliadhnaichean a chaidh seachad nach robh stàilinn sam bith air a fìor-chruadhachadh mus robh i air a dearbhadh uair is uair leis an teine? Dh'fheumadh e a thilgeil fhèin air tròcair Dhè, a' creidsinn gum biodh Esan ga threòrachadh agus ga stiùireadh.

Gus an tilleadh an t-sìth da anam, chuir Ualtar roimhe gun coileanadh e a dhleastanasan gu dìcheallach ann an obair na paraiste agus ann an deasachadh an t-searmoin aige airson Là na Sàbaid – b' ann ris an obair-deasachaidh seo a bha e air feasgar Disathairne nuair a thug e an aire gun robh ùpraid air choreigin ann air a' cheum chun a' mhansa. Cha do chuir e iongnadh air nuair a chuala e bualadh aig doras aghaidh an taighe. Chuir e am Bìoball aige an dàrna taobh.

Bha caiptean de na Còtaichean Dearga na sheasamh air leac an dorais, ad thrì-ceàrnach paisgte fo achlais mar chomharradh-spèis dhan a' mhinistear.

'A Mhaighstir Syme,' ars an caiptean, 'gabhaibh mo leisgeul ach am biodh sibh deònach mo chuideachadh ann a bhith a' dearbh-aithneachadh a' chiomaich a th' agam an seo mar Theàrlach Gòrdanach, Fear Thìr Preasaidh. Tha sinn air a bhith ag iarraidh an reubaltaich seo fad mìos no dhà. Tuigidh sibh gum feum sinn na Seumasaich a thoirt gu breitheanas, brathadairean mar a tha annta dhan rìgh agus dhan dùthaich.'

Ghnog am ministear a cheann gu sòlaimte.

'Lorg sinn am fear seo an-diugh a' dèanamh cùiltearachd faisg air Caisteal Thìr Preasaidh. Tha mi den bheachd gur e Teàrlach Gòrdanach a th' ann. Tha e ag ràdh gu bheil e na ghàirnealair, ach chan eil mi ga chreidsinn. Tha e salach, tha aodach robach air – tha coltas air gu bheil e air a bhith a' tighinn beò mar dhuine fo choill air a' mhonadh.'

Ghnog am ministear a cheann a-rithist, ach cha tuirt e facal.

'Am faod mi a thoirt chun an dorais, a Mhaighstir? On a b' àbhaist do dh'Fhear Thìr Preasaidh a bhith a' fuireach anns a' chaisteal nach eil ach astar mìle bhon mhansa, tha mi 'n dòchas gum bi e furasta dhuibh aithneachadh.'

'Thoiribh an seo e, ma-thà,' ars Ualtar gu smaointeachail.

Thàinig dithis de na Còtaichean Dearga, a' putadh air fear àrd, glaisneulach le eàrran nan gunnaichean aca.

Ged a bha luidean air, cha b' urrainn dha uaisleachd fhalach nuair a sheas e gu dìreach air beulaibh a' mhinisteir. Choinnich an sùilean.

'Gabhaibh mo leisgeul, a Mhaighstir,' dh'fhaignich an caiptean, 'ach an e Tèarlach Gòrdanach a th' againn an seo?'

Sgrùd Ualtar an ciomach gu mionaideach.

'Dh'fheumadh tuigse a bhith agaibh, a Chaiptein, gu bheil dà bhliadhna air a dhol seachad on turas mu dheireadh a chunnaic mi Teàrlach Gòrdanach,' fhreagair am ministear. 'Bu chòir dhomh a bhith a' cur nur cuimhne, cuideachd, gu bheil mise nam mhinistear na h-Eaglaise Clèirich, agus gur e Caitligeach a th' ann am Fear Thìr Preasaidh – chan e caora dem threud a th' ann, ma tha sibh gam thuigsinn. Ach chan eil coltas Theàrlaich Ghòrdanaich air an duine seo idir, mas math mo chuimhne. B' e duine làidir, tapaidh a bh' ann, gun fheusag. Agus chan fhaca mi a-riamh e gun aodach spaideil air. Chan e! Chan e! Chan e an duine bochd seo Fear Thìr Preasaidh idir. Tha eagal orm, a Chaiptein, gu bheil sibh air ur mealladh. Chan eil anns an duine luideach seo ach dìol-dèirce.

Cha b' urrainn dhan chaiptean a bhriseadh-dùil fhalach. Thug e sùil air Ualtar Syme gu teagmhach.

'Ma tha sibh buileach cinnteach, a Mhaighstir, cha chuir mi dragh oirbh tuilleadh.'

Cha bu luaithe a bha doras a' mhansa dùinte na bha Màiri, nighean Ualtair, aig a ghualainn.

'Ò athair,' arsa Màiri, 'tha iad air a ghlacadh!'

Chuir sin clisgeadh air Ualtar, mar gun robh e a' dùsgadh à aisling. 'Tha e coltach gu bheil,' ars esan, 'mas urrainn dhuinn a bhith cinnteach gur e Tèarlach Gòrdanach an ciomach a th' aca. An duine a thug iad chun an dorais, cha robh ann ach truaghan.'

'A bheil thu ann an da-rìribh, athair?' ars ise. 'Cha robh teagamh sam bith agam gur e an t-uachdaran a bh' ann.'

'Nach robh?' dh'fhaighnich Ualtar gu sòlaimte. 'Carson nach tèid sinn dhan t-seòmar-shuidhe, a Mhàiri? Bidh cothrom againn còmhradh a dhèanamh an sin.'

Nuair a bha doras an t-seòmair dùinte air an cùlaibh, lean Ualtar air. 'Dè rinn mi, a Mhàiri? Tha eagal orm gun tug mi fianais brèige dhan chaiptean sin. Tha mi air tè de na Deich Àithntean a bhriseadh, rud a bha mi air a bhith a' strì fad mo bheatha a sheachnadh.'

'Ach, nach smaoinicheadh sibh air na bhiodh air thoiseach air Tèarlach Gòrdanach nam biodh sibh air a bhrath.'

'Smaoinicheadh, gu dearbh,' fhreagair Ualtar. 'Ach am bi e ceart fianais brèige a thoirt seachad uair sam bith, nuair a bhios na riaghailtean ann an Ecsodus agus ann an Deuteronomi ga dhèanamh soilleir gu bheil a leithid de pheacadh calg dìreach an aghaidh lagh Dhè?'

Sheall e a-mach air an uinneig. 'Bidh mi na mo chaithris, a' dèanamh faire agus ri ùrnuigh fad na h-oidhche seo. Bidh mi air mo ghlùinean fa chomhair Cathair nan Gràs.'

'Is sibh fhèin, athair, a theagaisg dhomh na rannan sin anns a' Bhìoball agus tha mi 'n dòchas gun do dh'ionnsaich mi gu math iad. Ach is cinnteach nach biodh e ceàrr fianais brèige a thoirt seachad nam biodh e airson stad a chur air ana-ceartas a b' uabhasaiche buileach. Nach mòr am math a rinn na Gòrdanaich sa ghleann seo? Agus ma bha naomh beò a-riamh ann an Tulach Neasail, b' i seanmhair Theàrlaich a bh' ann. 'S dòcha gun do rinn Fear Thìr Preasaidh mearachd ann a bhith a' toirt taic dhan Phrionnsa, ach ma rinn, 's e an Tighearna a bheir breitheanas air. Nach do theagaisg sibh sin dhomh? Nach eil e sgrìobhte ann an Litir an Abstoil Phòil chum nan Ròmanach gur ann leis an Tighearna a tha an dìoghaltas?'

Bha fiamh a ghàire air aodann a' mhinisteir mar fhreagairt ris an fhianais seo de dh'fhoghlam coileanta a nighne ach, a dh'aindeoin sin, bha e an-fhoiseil. Thog e am Bìoball agus chuir e ri a bhroilleach e.

Dh'aithnich Màiri an cleachdadh seo. Bhean i ri gàirdean a h-athar gu socair agus dh'fhàg i na aonar e.

* * *

Bha feasgar brèagha samhraidh air a bhith ann agus cha tàinig an ciaradh gus an robh e mu dheich uairean. Bha Ualtar ri ùrnaigh agus an ciont na laighe mar eallach trom air a chogais fhathast nuair, airson an dàrna uair an latha sin, chaidh a shìth a bhriseadh le gnogadh àrd aig doras a' mhansa.

Bha Màiri air a cois fhathast ged a bha Mairead agus Iseabail nan cadal. Rinn Ualtar comharradh do Mhàiri a bhith ga falach fhèin agus thog e coinneal mus deach e chun an dorais feuch cò a bha ann. Bha fear de sheirbheisich Mairead Ghòrdanaich air leac an dorais an turas seo, litir na làimh. Shìn e an litir dhan a' mhinistear gun fhacal a ràdh.

Dh'fhàg Ualtar an doras fosgailte fhad 's a bha e a' leughadh na litreach ann an solas na coinnle.

'*A Mhgr Syme,*
  Tha mi gu dearbh duilich a bhith a' cur uallach oirbh ach tha mi ann an àmhghar.
  Thug na Còtaichean Dearga Teàrlach, ceangailte ann an geimhlean, dhan chaisteal feasgar an-diugh. Bha fhios aig a h-uile duine an seo gun a bhith ga bhrath ach ruith Eilidh a-mach ga choinneachadh ag èigheach 'Athair!'. Chan eil innte ach paiste agus tha mi an dòchas nach bi cuimhne no tuigse aice a-chaoidh air na thachair an-diugh.
  Rinn na Còtaichean Dearga gàirdeachas ri faclan na h-ighne mar a thuigeadh sibh. Thilg na saighdearan dhan talamh i ag ràdh gun robh i na 'peasan reubaltach'. Thog mi an nighean bheag agus thug mi air falbh i gus nach fhaiceadh i mar a bhuail na saighdearan a h-athair.
  Tha iad air Teàrlach a thoirt air falbh. Chan eil fhios agam càite a bheil e a-nochd no dè a tha roimhe ann an làmhan nam brùidean ud.
  An dèanadh sibh ùrnaigh air ar son, mas e ur toil e.
  Le spèis, Mairead Ghòrdanach'

Thionndaidh Ualtar gu Màiri.

Chunnaic i na deòir na shùilean. Cha robh feum air dad a ràdh.

'Dèan cinnteach gu bheil an doras glaiste air mo chùlaibh, a Mhàiri,' thuirt Ualtar. 'Agus na fosgail e gus an till mi.'

Thug e an rathad a Chaisteal Thìr Preasaidh air.

18

Diùc Chumberland – Windsor, 1746

Sealladh a Còig – Windsor,
20mh den Lùnastal 1746

NA PEARSACHAN:
Am Prionnsa Uilleam Augustus, Diùc Chumberland
An Còirneal Iòsaph Yorke, *Aide de Camp* an Diùc

(Aig dol fodha na grèine. Seòmar mòr brèagha ann an Caisteal Windsor, Sasainn. Tha Diùc Chumberland agus an Còirneal Yorke nan suidhe aig bòrd air a bheil botal clàireit agus glainneachan. Tha èideadh nan oifigearan umpa, peiteanan dearga seach seacaidean a chionn 's gu bheil an latha air a bhith blàth. Tha crùn-choinnlear drileach os an cionn.)

DIÙC CHUMBERLAND: 'S e 'am Bùidsear' a tha iad a' toirt orm mar fhar-ainm, an e, Iòsaiph? Nach luath a thàinig an t-atharrachadh orra! Nach b' ann an-dè a bha iad a' cur fàilte orm mar ghaisgeach mòr?

(Tha an Còirneal a' gnogadh a chinn.)

DIÙC CHUMBERLAND: A rèir na chuala mise, b' e an duine eirmseach ud Horace Walpole, mac Raibeirt nach maireann an seann Phrìomhaire, a bha a' mìneachadh do na h-uaislean cò às a thàinig an t-ainm ùr agam. Nuair a bha Àrd-chomhairlichean baile-mòr Lunnainn airson ballrachd comainn-cheàrd a thoirt dhomh mar chomharradh den spèis a bha aca orm, thuirt fear dhiubh, 'Gum bitheadh e mar bhall Comann nam Bùidsearan, ma-thà.'

AN CÒIRNEAL YORKE: Nam bheachd-sa, cha robh sin cothromach idir, ur Mòrachd.

DIÙC CHUMBERLAND: Taing dhut, Iòsaiph. 'S e duine fiosraichte, foghlaimte a tha ann am Walpole – chuala mi gun robh e a' toirt beum dhomh le faclan an Ìmpire Thiberiuis Chèasair, 'Dh'iarr mi ort a' chaora a rùsgadh, chan ann a feannadh'. Mar sin dheth, bhiodh e air an leabhar *Am Prionnsa* le Niccolo Machiavelli a leughadh. Is cinnteach gu bheil fhios aige gum bu chòir do cheannard sam bith bualadh air an nàmhaid le làimh cho làidir 's nach dèan e ar-a-mach na aghaigh gu bràth tuilleadh. Chan eil dòigh nas cinntiche ann dùthaich cheannairceach a shealbhachadh na a bhith ga saltairt gu tur fon chois.

(Tha an Còirneal a' gnogadh a chinn.)

DIÙC CHUMBERLAND: Cha robh fear anns a' Phàrlamaid nach robh a' toirt brosnachadh dhomh dèanamh mar a rinn mi. Ach chuir an dòrtadh-fala a bha riatanach gairiseachadh orra agus tha feum aca air cùis-choireachaidh. Tha iad a' dèanamh a-mach gur e mise a dhealbh casgradh nan Seumasach. Nam bitheadh an rìgh air a bhith na bu shoilleire na mholaidhean...

Ach, thoir sùil air Ministearan na Pàrlamaid seo, Iòsaiph! Anns a' chumantas, tha iad mì-thaingeil, neo-sheasmhach, fèineil. Tha iad gionach, ach tha eagal orra ro chunnart. Nuair a bhios feum aca ort mar fhear-dìon, bidh iad nan slìomairean dhut. Nuair a bhios an cunnart seachad, èiridh iad a chur nad aghaidh. Fir nam breugan! Buigneagan!

AN CÒIRNEAL YORKE: Tha deasbad a' dol anns na pàipearan-naidheachd. Tha feadhainn ann a tha a' gearan nach do cheangail sinn suas lotan nan Seumasach air a' bhlàr.

DIÙC CHUMBERLAND: Uill, cha do cheangail. Bha rudan na bu chudromaiche agam rin dèanamh aig an àm, tèarainteachd rìoghachd m' athar a dhìon mar eisimpleir. Tha mi cinnteach gun do rinn na saighdearan Hanòbharach mar a b' fheàrr a b' urrainn dhaibh do na reubaltaich a bha leth-mharbh le call na fala. Ma mharbh iad iad, an e mo choire fhèin a tha ann?

Fiù 's gur e mise a tha rim choireachadh, chan eil mi a' gabhail aithreachas idir. Dh'aidichinn gun tug mi an t-òrdugh do na saighdearan duine sam bith a mharbhadh – fir, boireannaich, agus clann – ma bha iad an amharas gun robh iad nan reubaltaich. Agus dh'aidichinn gun tug mi slaic dhaibhsan a nochd tròcair nuair nach robh e iomchaidh sin a dhèanamh. Ma dh'fhaodte gun robh iad ro throm air muinntir nan eileanan. Cha do dh'iarr mi air na h-oifigearan murt, neach-èigneachadh agus creach a dhèanamh air Clann Leòid agus Clann Dòmhnaill. Bha mi den bheachd gun robh fhios aig a' Chaiptean Scott nach do ghabh iad gnothach ris na Seumasaich an turas seo.

AN CÒIRNEAL YORKE: An gabhadh sibh ris a' chasaid gun do bhris iad an lagh?

DIÙC CHUMBERLAND: Ò na bruidhinn rium mun fhaoineachd laghail ud. 'Tha Bun-reachd Bhreatainn a' seasamh còraichean beatha, saorsa agus sealbh an t-sluaigh tro chùrsa an lagha.' Chan eil mi airson facal a bharrachd a chluinntinn mu dheidhinn. A thaobh nan Seumasach, thuirt bean-uasal rium o chionn ghoirid, 'Tha sinn air fuil a thoirt asta, a-nis feumaidh sinn am purgaideachadh.' Cha b' urrainn dhomh beachd nan uile Sasannach dìleas a chur an cèill na b' fheàrr.

AN CÒIRNEAL YORKE: Ach tha am Morair Foirbeis a' cumail a-mach …

DIÙC CHUMBERLAND *(a' briseadh a-steach air a' Chòirneal)*: Am Morair Donnchadh Foirbeis? Foirbeiseach Chùil Lodair? Cha do chòrd a chomhairle-san rium idir. Tha fhios agam gur esan Àrd-Cheann-suidhe Cùirt an t-Seisein ann an Alba. 'Na bithibh borb, ana-cneasta,' thuirt e rium. ''S e buirbe nach eil deatamach a dhùisgeas truas ann an inntinn a' chinne-daonna.' Leigeadh leatha truas a dhùsgadh, ma-thà! Chan èist mi tuilleadh ri mèilich na croga ud!

AN CÒIRNEAL YORKE: Agus dè mu dheidhinn nam prìosanach Seumasach a tha a' feitheamh air breitheanas?

DIÙC CHUMBERLAND: Na prìosanaich? Leig leotha feitheamh! Tha cùisean a' dol air adhart mar bu chòir. Chrochadh dà fhichead de na brathadairean Sasannach. Peanas tròcaireach, nam bheachd-sa. Tha mi cinnteach gum biodh tu ag aontachadh rium, nuair a smaoinicheadh tu gur e sin am peanas do mhèirleach-pòcaid no do dhuine a ghoideas caora.

Bidh cuimhne agad gun robh trì mìle gu leth prìosanach ann aig aon àm. Shaoradh mìle agus dà cheud, mòran dhiubh mar phàirt de dh'iomlaid-phrìosanach eadar sinne agus na Frangaich. Tha mi an dùil gum bi àireamh mhòr air an cur gu na colonaidhean mura faigh iad bàs anns na prìosanan. Ach, cuideachd, dh'fheumte àireamh mhòr a chrochadh, a tharraing agus a chur nan cairtealan mar bhall-sampaill. Tha sinn a' cumail grunn oifigearan agus uachdaran fo ghlais ann an Carlisle. An dèidh giùlan mì-chiatach nan Seumasach aig Carlisle tha e freagarrach, nach eil, taisbeanadh a dhèanamh an sin? Tha mi an dòchas gun tèid a h-uile fear de na h-uachdarain a chur gu bàs. Sgoinneil!

(Tha an Còirneal na thost, a' coimhead air an làr.)

DIÙC CHUMBERLAND: Cha dèan muinntir na Gàidhealtachd cùis-mhagaidh de dh'Achd an Dì-armachaidh a-rithist. Chì sinn mar a chòrdas e riutha a bhith às aonais an tartain agus ceòl na pìoba. Cuiridh sinn briogaisean air na Gàidheil, is bheir sinn uapa gach claidheamh agus musgaid, is fàsaidh na fir bhorb sin cho soitheamh ris na h-uain. Ann an ùine ghoirid thèid an traidiseanan à cuimhne. Chan eil àite ann do na daoine ceannairceach ud ann an rìoghachd m' athar.

'S e an nì as motha a tha a' cur fearg orm, ge-tà, gun robh cùisean air a dhol cho math do na Frangaich. Aig deireadh na bliadhna an-uiridh, mar eisimpleir, bha m' athair a' làn chreidsinn gun robh iad a' dol a dhèanamh ionnsaigh air cost a deas Shasainn. Tha mi an dùil gun do chuir an suidheachadh gu mòr ris an fhealla-dhà aig àm dìnnearach ann an lùchairtean Pharais.

(Tha an Còirneal a' gnogadh a chinn.)

DIÙC CHUMBERLAND: Ach thig latha eile orra nuair a thilleas mi do Fhlanders mar Àrd-cheannard an airm Bhreatannaich. Bidh mi air ais ann an cuideachd nan saighdearan air a bheil spèis agam, na *Flanderkins* mar a tha agam orra – far-ainm snog, nach e? Agus bidh mi a' cogadh an aghaidh sheanailearan air a bheil spèis agam.

Tha mi air a bhith a' meòrachadh mu na h-oifigearan a bhios a' dèanamh seirbheis fodham, Iòsaiph. Bu toigh leam dath dearg air an èideadh aca, ach air a lìnigeadh le stuth uaine – dearg agus uaine, na dathan agam fhìn.

Nach biodh sin tarraingeach? Dè do bheachd?

AN CÒIRNEAL YORKE: Bhitheadh, gu dearbh, ur Mòrachd. Tarraingeach ann an da-rìribh.

(Tha an Còirneal ag èirigh air a chasan. Tha a ghnùis gun fhiamh.)

Ach gabhaibh mo leisgeul, ur Mòrachd. Le ur cead, bu chòir dhomh falbh.

19

An t-Aoghair

Caisteal Thìr Preasaidh,
an 7mh den Dàmhair 1746

BHA E AIR fear de na dleastanasan aig Ualtar, naidheachd chudromach an t-saoghail mhòir a sgaoileadh do mhuinntir Thulach Neasail bhon chùbaid. Bho àm gu àm, chluinneadh e fiosrachadh den t-seòrsa seo bho Mhgr Lumsden, am fear-lagha ann an Obar Dheathain, ach thigeadh a' mhòr-chuid dheth gu a chluasan aig coinneamhan Clèir Àfaird. Mar eisimplier, bha aige ri latha-traisg a ghairm air Disathairne 18mh den Dùbhlachd ann an 1745 mar athchuinge do Dhia gum beannaicheadh e arm an Rìgh Sheòrais, agus iad a' dol a chogadh an aghaidh nan Seumasach. Sia mìosan an dèidh sin, thug e seachad am fiosrachadh gun robh latha-buidheachais gu bhith ann air Là na Sàbaid an 26mh den Ògmhios, gus taing a thoirt do Dhia an dèidh do na Hanòbharaich buaidh a thoirt air na Seumasaich aig Blàr Chùil Lodair agus airson teicheadh an Tagraiche Òig.

Uaireannan, ge-tà, nuair a thigeadh naidheachd na bu phearsanta thuige bhiodh còmhradh dìomhair na bu fhreagarraiche, còmhradh a bhiodh a' cur a sgilean mar aoghair gu feum. B' e fiosrachadh den t-seòrsa seo a thug air coiseachd suas an ceum a Chaisteal Thìr Preasaidh a' mhadainn shònraichte ud cho luath 's a bha e air a bhracaist a ghabhail.

Bha Mairead Ghòrdanach air a bhith a' leughadh leabhar ri taobh an teine anns an talla mhòr. Chuir i fàilte chridheil air Ualtar agus thug i cuireadh dha suidhe anns a' chathair dà làimhe mu a coinneamh.

'Fhuair mi fiosrachadh bhon Chlèir feasgar an-dè,' ars Ualtar. 'Tha fhios agam gun robh sibh air a bhith a' feitheamh air naidheachd mu Theàrlach agus Seumas. Bha an dà ainm aca air an liosta a chunnaic mi. Tha iad beò. Tha Teàrlach na phrìosanach ann an Carlisle, agus Seumas fhathast ann am prìosan Southwark.'

'Taing do Dhia gu bheil iad beò!' fhreagair Mairead le faireachdainn làidir.

'Tha na britheamhan ann an Southwark air beachdachadh air ciont Sheumais anns an ar-a-mach,' lean Ualtar air adhart. 'A chionn 's nach robh ann ach deugaire nuair a chaidh a thogail dhan arm Sheumasach, tha iad air a mholadh gum bu chòir a shaoradh. Chanainn-sa gum bi e ga leigeil fa sgaoil ann an ùine nach bi fada.'

'Tha mi cho taingeil dhuibhse 'son an teisteis a sgrìobh sibh, a Mhaighstir. Is cinnteach gun robh e na chuideachadh mòr.'

'Tha mi 'n dòchas gun robh. Ach aig deireadh

an latha, bu chòir dhuinn a bhith taingeil 'son breithneachadh agus iochd an rìgh,' thuirt Ualtar gu sòlaimte.

'Ach tha e anns a' phrìosan fhathast, a bheil?' dh'fhaighnich Mairead gu h-iomagaineach. Dh'fhàisg i a làmhan gus an robh na rùdanan geal. 'Bha mi air mo sgreamhachadh nuair a chuala mi mu na prìosain ud, dùmhlaichte, làn salchair. An tig e beò troimhe?'

'Chanainn-sa gun tig, a Mhairead. Tha e òg, làidir, agus chaidh a chaomhnadh gu ruige seo.

'Tha na prìosain dona, ach tha na longan làn phrìosanach air Uisge Thames nas miosa buileach. Sheòl seachd dhiubh à Inbhir Nis an dèidh Blàr Chùil Lodair leis an uabhas de phrìosanaich air an dinneadh a-staigh fon deic. Is mòr a dh'fhuiling iad, gun teagamh. Tha mi a' creidsinn gu bheil còrr is mìle prìosanach glaiste am broinn nan longan seo fhathast, agus iad air acair faisg air Tilbury aig beul na h-aibhne. Mar Sheumas, tha iad air a bhith a' feitheamh breitheanas nan ùghdarrasan fad mhìosan ach 's e an rud as truaighe gu bheil an t-àile cho salach fon deic 's gu bheil mòran dhiubh air bàsachadh le *jail fever*. Ged nach eil na ligheachan Sasannach airson a dhol faisg air na longan, tha lighiche ann air tè dhiubh, agus e fhèin na phrìosanach, Iain MacDhòmhnaill Cheann Loch Mùideart. Tha e a' dèanamh obair ionmhalta do na daoine bochda air a bheil am fiabhras.'

'Gum beannaicheadh an Tighearna e,' arsa Mairead. 'Agus nach math gu bheil e ann, agus comasan leighis aige. Nam b' urrainn dhomh a bhith ann ...' Rinn i osna, 'Chan eil e furasta dhomh a bhith a' feitheamh an seo gun chomas agam rud sam bith a dhèanamh.'

Bha sàmhchair ann airson greis mus do bhruidhinn Ualtar a-rithist. 'Tha e coltach gum bi iad a' dèanamh breitheanas air Teàrlach anns a' chùirt.'

Thòisich na deòir air ruith sìos gruaidhean Mairead.

'Bidh na saighdearan cumanta a' tilgeil croinn. Bidh fear às an fhichead a' dol dhan chùirt, agus càch air an cur a-mach às an tìr. Ach bidh a h-uile fear de na h-oifigearan agus na h-uaislean a tha gan cumail fo ghlais is iuchair ann an Carlisle a' dol air beulaibh nam britheamhan.

'A dh'aindeoin sin, cha b' urrainn dhuinn a bhith cinnteach gum biodh Tèarlach air a dhìteadh. Fiù 's nam bitheadh, ma dh'fhaodte gun nochdadh a' chùirt tròcair dha. Chuala mi gun robh iad a' tairgsinn mathanas an rìgh orrasan a bheireadh ùmhlachd dha agus a bhiodh deònach seirbheis a dhèanamh dha mar shaighdearan no anns a' Chabhlach Rìoghail. Tha cruaidh fheum air fir a dhèanadh sabaid an aghaidh nam Frangach agus nan Spàinnteach thall anns na h-Innseachan an Iar.'

'Cha chuireadh Teàrlach ainm ri sin is e beò,' arsa Mairead. 'Tha e na Sheumasach gu chùl. Rachadh e dhan sgafall mus dèanadh e seirbheis do na Hanòbharaich.'

Shuath i na deòir bho a sùilean le neapraigear. 'Tha mi duilich a bhith a' bruidhinn gu dàna, a Mhaighstir, ach 's i an fhìrinn a th' ann.'

'Na bithibh duilich, a Mhairead. Nach eilear ag ràdh gur fheàrr an fhìrinn na an t-òr? Agus tha feum againn air an fhìrinn gu sònraichte aig àm còmhstri mar seo.

'Bu chòir dhuinn a bhith a' gabhail cofhurtachd gun

d' fhuair Teàrlach air falbh bho Bhlàr Chùil Lodair agus bhon chasgradh a lean. Chan eil teagamh ann gun do chùm saighdearan Dhiùc Chumberland orra leis a' mhurt gun tròcair fad dà no trì latha an dèidh a' bhlàir. Mharbh iad an dà chuid oifigearan agus saighdearan, fiù 's iadsan a bha a' gèilleadh dhaibh. Mharbh iad na leòntaich. Na bu mhiosa buileach, mharbh iad boireannaich a bha a' teicheadh suas an rathad a dh'Inbhir Nis, a' giùlan an leanaban agus an cìochran.'

'Chan eil mi a' tuigsinn ciamar, fon ghrèin, a thachradh sin,' arsa Mairead. ''S e prionnsa a th' ann an Diùc Chumberland, nach e? Mac an Righ Sheòrais. Duine uasal, foghlaimte, sìobhalta.'

''S e, a Mhairead, ach tha e na shaighdear agus na sheanailear cuideachd ged nach eil seo a' dèanamh leisgeul, nam bheachd-sa, airson cruas a chridhe. Ò, chan eil mi an dùil gun do mhurt e na Gàidheil le a làmhan fhèin ach b' esan a roghnaich na leifteanantan a tha fodha agus dh'fheumamaid measadh a dhèanamh air an Diùc a rèir an giùlan-san. Am Màidsear Lockhart, agus an Captain Fearghasdan bho Shiorrachd Obar Dheathain mar eisimpleir, agus an Caiptean Caroline Scott, a tha na dhalta-baistidh aig màthair Dhiùc Chumberland. Fir bhorb, iargalta, chanainn-sa.

'Tha na h-oifigearan seo agus na saighdearan aca air a bhith a' dèanamh slighe ainneartach tron Ghàidhealtachd agus anns na h-Eileanan Siar, ri murt, ri èigneachadh agus ri creach. Chan eil iad a' dèanamh sgaradh eadar na Seumasaich agus na daoine nach do ghabh gnothach ris an ar-a-mach idir. A rèir na chuala mise, cha robh agus chan eil Gàidheal sam bith agus a chuid sàbhailte.'

'Dè as urrainn dhuinn a dhèanamh?' dh'fhaighnich Mairead.

''S urrainn dhuinn cumail oirnn ag ùrnaigh, a Mhairead, ag iarraidh air an Tighearna gun cùm e sùil air Teàrlach agus Seumas. Cumaidh mise orm, tha mi a' toirt dhuibh mo gheallaidh. Agus bidh cuimhne agaibh air an abairt: ged as fada, duatharach an oidhche, thig crìoch oirre mu dheireadh thall.'

'Tha sibh còir, a Mhaighstir. Ach tha sin a' toirt orm smaoineachadh, an cuala sibh naidheachd sam bith mun Phrionnsa Teàrlach fhèin?'

'Tha e air tilleadh dhan Fhraing, an dèidh còig mìosan fo choill air a' Ghàidhealtachd agus anns na h-eileanan. Bha airgead-cinn £30,000 air, ach tha a h-uile coltas ann nach robh Gàidheal ri fhaighinn a bhrathadh e fiù 's airson airgead cho mòr. Ciamar a sheachain e na Hanòbharaich a bha air a thòir, chan eil fhios agam. Dh'fheumte a bhith gun robh am freastal a' coimhead às a dhèidh.

'Aig aon àm, bha gach ceàrn den dùthaich làn shaighdearan a' feuchainn ri a lorg agus chuir iad an grèim grunn math dhiubhsan a bha, nam beachd-san, air cobhair a thoirt dha. Bha tè àraidh ann a rèir na chuala mise, Floraidh NicDhòmhaill Ghearra-Bhailteas, a th' aca a-nis fo ghlais ann an Tùr Lunnainn.

'Ach cha do chuir iad làmh air a' Phrionnsa Teàrlach fhèin. Thathar a ràdh gu bheil e a' feuchainn ri arm a thogail anns an Fhraing, deimhinne gun till e a dh'Alba agus gun tòisich e ar-a-mach às ùr.'

'Chan eil mi airson smaoineachadh air sin, idir,' thuirt Mairead, an t-uabhas follaiseach na guth.

'Chan eil mi 'n dùil gun soirbhich leis, a Mhairead. Na bithibh a' smaoineachadh air tuilleadh. Is mòr a dh'fhuiling sibh mar-thà.'

Bha corragan Mairead a' gluasad air a' phaidir a bha aice na làimh.

'An dèan sinn ùrnaigh còmhla?' dh'fhaighnich am ministear.

***

Taobh a-staigh dà mhìos, bha aig Ualtar ri tilleadh a Chaisteal Thìr Preasaidh le cridhe mar chloich a dh'innse do Mhairead gun robh an duine aice, Teàrlach, air a bhith air a chur gu bàs ann an Carlisle.

20

Dàrna Litir Fear Thìr Preasaidh

Tulach Neasail,
27mh den Fhaoilleach 1747

BHA AN T-SÌDE cho fuar ris a' phuinnsean an latha a ràinig na litrichean am mansa. B' e fear de sheirbheisich ministear Rìoghnaidh air muin gearrain a ghiùlain iad taobh Shrath Bhalgaidh agus Shrath Dheathain, a' gabhail an rathaid tro na gleanntan gus an talamh àrd a sheachnadh. A dh'aindeoin sin, b' e turas cunnartach a bha ann aig an àm seo den bhliadhna agus bha an duine òg a nochd aig a' mhansa mu mheadhan latha an dà chuid fuar agus sgìth. Dh'iarr Ualtar air suidhe ri taobh an teine agus brot teth a ghabhail; dh'fheumadh e tàmh na h-oidhche fhaighinn aig a' mhansa mus tilleadh e a Rìoghnaidh an-ath-latha.

Cha robh mòran aig a' ghille mu na litrichean ach a-mhàin gun robh an t-Urr Pàdraig Gòrdanach, ministear Rìoghnaidh, air iarraidh air an cur ann an làmhan an Urr Ualtair Syme. Thug Ualtar sùil air na litrichean. Bha trì ann: b' e ainm Ualtair a bha

sgrìobhte air tè dhiubh, ainm na Leadaidh Mairead
Ghòrdanaich sgrìobhte air na dà eile, agus iad dùinte
le cèir-sheulachaidh. Dh'fhosgail Ualtar an litir aige
fhèin agus leugh e na bha sgrìobhte innte.

Ualtair chòir,
    *Gabhaibh mo leisgeul airson uallach a chur
oirbh.*
    *Fhuair mi an litir seo gu Mairead
Ghòrdanach, Leadaidh Thìr Preasaidh, bho
làimh fir-dàimh. Cha sgrìobh mi sìos ainm: tha
sinn beò ann an àm carraid is teinne.*
    *'S e làmh-sgrìobhadh Thèarlaich a chì sibh
air an litir a sgrìobh e gu Leadaidh Mairead
an latha mus do chuireadh gu bàs e. Tha mi
cinnteach gum bi i na cùis-bhròin dhi ach, tha
mi an dòchas, na cofhurtachd cuideachd.*
    *Tha mi gu dearbh duilich nach ceadaicheadh
gnothaichean na paraiste dhomh an litir a
lìbhreagadh gu Leadaidh Mairead gu pearsanta:
chì sibh gu bheil mi air nota a sgrìobhadh thuice
a' cur sin an cèill. Am biodh sibh cho coibhneil
na litrichean a thoirt thuice?*
    *Bhithinn nur comain nam biadhadh sibh an
gille agus an gearran.*
    *Tha mi an dòchas gun gabh mi cuairt a
Thulach Neasail as t-earrach.*
    Le spèis,
    *Pàdraig Gòrdanach. Mansa Rìoghnaidh,
26mh den Fhaoilleach 1747.*

Cha b' fhada mus biodh a' ghrian a' dol fodha agus
thog Ualtar air gun dàil suas tron ghleann chun a' chaisteil.

Nuair a ràinig e Tìr Preasaidh bha e mar gun robh sùil air a bhith aig Mairead Ghòrdanach ris, agus i na seasamh anns an talla mhòr a' feitheamh air, culaidh-bhròin uimpe. Gu socair, mhìnich Ualtar do Mhairead fàth a thurais. Thug e dhi an litir bhon Urr Gòrdanach an toiseach. Dh'fhosgail i an litir.

A Leadaidh Mhairead chòir,
  Tha mi an dòchas gu bheil sibh gu math, a dh'aindeoin na dh'fhuiling sibh anns na mìosan a dh'fhalbh.
  Fhuair mi litir an-dè bho bhoireannach uasal as aithne dhomh a tha a' fuireach faisg air Carlisle. An lùib na litreach aice bha tè eile air a seòladh thugaibhse, sgrìobhte leis an duine agaibh, Teàrlach Gòrdanach nach maireann. Tha mi gu dearbh duilich nach ceadaicheadh gnothaichean na paraiste dhomh an litir a lìbhrigeadh dhuibh le mo làimh fhèin ach tha mi cinnteach gum faod mi m' earbsa a chur anns an Urr Syme chòir.
  Bha cead aig a' bhoireannach uasal air an do rinn mi iomradh a bhith a' tadhal air Teàrlach fhad 's a bha e anns a' phrìosan gus biadh agus anairtean glana a thoirt dha – tha sibh fada na comain. Sgrìobh i gun d' fhuair Teàrlach bàs mar as cubhaidh do Chrìosdaidh aithreachail: dh'aidicheadh seo leis na pearsachan-eaglais a rinn ùrnaigh maille ris anns na làithean deireannach agus leis na h-uile a bha an làthair air a' mhadainn uabhasaich fhèin. Bha e dìleas gu bàs, uasal agus treun; thug e urram da ainm agus da chreideamh. Rinneadh ciste-laighe dha

*le fear air an robh Mgr Wright mar ainm, agus
chàiricheadh e anns an ùir ann an cladh an
Naoimh Chuthbert ann an Carlisle.*

*Sgrìobh am boireannach uasal, cuideachd,
nach d' fhuair Teàrlach litir no airgead bhuaibh;
nach do ràinig an litir a chuir mise thuige le
naidheachd a theaghlaich ro latha a bhàis; agus
gu bheil bucall, grunn phutannan agus leabhar
aice fhathast – bha Teàrlach airson am fàgail aig
Seumas. Tha mi an dùil gun sgrìobh mi air ais
thuice a dh'aithghearr agus gun iarr mi oirre na
nithean seo a chur gu Dùn Èideann an toiseach,
gu caraid a tha agam an sin, nan ceadaicheadh
sibh sin dhomh.*

*Rinn Teàrlach fhèin iomradh air cunntas
air choreigin a bha ri phàigheadh ach cha robh
facal air sin anns an litir a fhuair mi.*

*Le spèis agus co-fhaireachdainn
dhùrachdaich,*

*Pàdraig Gòrdanach. Mansa Rìoghnaidh,
26mh den Fhaoilleach 1747.'*

Thug Mairead an litir seo do dh'Ualtar, am bròn
follaiseach air a gnùis. Nuair a chunnaic i an dàrna
litir, ge-tà, dh'aithnich i anns a' bhad làmh-sgrìobhadh
an duine aice agus ruith na deòir sìos a gruaidhean.
Thabhainn Ualtar a ghàirdean dhi agus ghabh
Mairead grèim dheth mus do leugh i teachdaireachd
Theàrlaich.

'*A ghaoil mo chridhe,*
  *Innsidh mi dhut a-nis gum bi mi a' fulang
bàs a-màireach an dèidh dhomh mo dhleastanas*

do Dhia, dhan Rìgh, agus dham dhùthaich a choileanadh. Tha mi a' toirt buidheachas do Dhia gum faigh mi bàs ann an deagh-ghean dhan a h-uile duine. Tha mi a' creidsinn gun làimhsichear na bhios air fhàgail dem chorp gu h-onorach agus gun tiodhlaicear mi mar Chrìosdaidh fo ùghdarras Fhrangaidh MhicFhearghais. Tha e air a bhith mar athair dhomh agus cha bu bheag a chosg e orm – bidh dùil agad air cunntas bhuaithe, agus bhiodh mo bheannachd ort nam pàigheadh tu e.

Gheibh mi bàs a' gabhail aithreachas nach do rinn mi na b' fheàrr mar an duine agad, agus tha mi a' guidhe ort gun toir thu mathanas dhomh nad chridhe, agus gun cuir thu am mathanas seo an cèill (no bheir thu freagairt do Dhia agus dhòmhsa anns an t-saoghal a tha ri teachd) le bhith a' toirt cùram màthaireil dod chloinn. Dèan cinnteach gu bheil iad air an daingneachadh nan slàinte spioradail agus air an cur gu obair thairbhich anns an t-saoghal mhòr. Chan eil fhios agam cia mheud dhiubh a tha fhathast beò, ach cuir na balaich gu obair cheirt fhad 's a tha iad òg, agus feuch ris na h-ighnean a bhrosnachadh ann an eagal Dhè. An lùib seo, tha mi a' cur nota dhut a mhìneachas dè a bu toigh leam dèanamh leis na nithean suarach agam, oir tha thu eòlach air na tha agam den t-saoghal.

A ghràidh, nam bithinn a' sgrìobhadh gus an tigeadh mo bheatha gu crìoch, bhiodh nithean agam fhathast ri innse dhut. Ach gus stad a chur air a sin, fàgaidh mi mo bheannachd dheireannach ort, agus air mo mhàthair bhochd,

*ma tha i fhathast beò. Am facal mu dheireadh
bhon chèile thruagh agad,*
   *Teàrlach Gòrdanach. Carlisle, 14mh den
t-Samhain 1746.'*

Phaisg Mairead an litir.

Leis an eòlas a bha aig Ualtar mar mhinistear, bu mhath a bha fhios aige nach b' e seo an t-àm airson bruidhinn, fhad 's a bha faclan deireannach an duine aice a' ciùrradh cridhe Mairead. Threòraich e dhan chathair ri taobh an teine i agus shuidh esan sìos mu a coinneamh. Dh'fhan e an sin na thost fhad 's a bha am feasgar a' ciaradh anns a' ghleann a-muigh.

B' i Mairead a thug an aire gu robh an leth-sholas air tighinn. 'Bu chòir dhuibh tilleadh dhan mhansa, a Mhaighstir, ach tha mi cho taingeil dhuibh…'

'Chan eil cabhag ann,' fhreagair Ualtar, ach bha Mairead fo chùram mu dheidhinn, air oidhche nuair a bhiodh an ceum cho reòthta, sleamhainn.

Sheas Ualtar gus a gharadh fhèin ris an teine mus fhalbhadh e.

'Cumaibh grèim teann air ur dòchas, a Mhairead,' ars esan anns an dealachadh. 'Tha sinn le chèile a' creidsinn na Creud. Tha sinn a' creidsinn ann an aiseirigh nam marbh. Bidh Teàrlach ag èirigh mar a dh'èirich ar Slànaighear Ìosa fhèin, chan ann mar thaibhse no bòcan ach mar dhuine slàn, coileanta.'

Fhuair Ualtar facal air tè de na searbhantan, agus mhìnich e dhi gun robh an Leadaidh Mairead air litir dhuilich fhaighinn.

Fhad 's a bha e a' fàgail a' chaisteil, bha am ministear

mothachail gun robh an t-Athair Mìcheal na sheasamh gu foighidneach aig an doras. Chrom Ualtar a cheann dha ionnsaigh gu modhail.

PÀIRT A DHÀ

Na Toraidhean

21

Eleanora

Alloa,
18mh den Dùbhlachd 1752

ANN AN 1751, bha e air toileachas mòr a thoirt do dh'Ualtar an t-seirbheis-phòsaidh a chuartachadh ann an Eaglais Thulach Neasail nuair a phòs Mairead, a nighean, agus an t-Urr Alasdair MacIain, ministear Àfaird. An ceann bliadhna eile, bha e ga dheasachadh fhèin mus rachadh e gu taigh a mhic, Seumas, ann an Alloa gus com-pàirt a ghabhail ann an seirbheis-bhaistidh a' chiad ogha aige, Eleanora.

B' e an turas a dh'Alloa am fear a b' fhaide a bhiodh Ualtar air a dhèanamh na bheatha agus cha bhiodh e a-riamh air ùine cho fada a chur seachad air falbh bhon pharaiste. Cha b' ann gun chunnart a bhiodh turas den t-seòrsa seo, gu h-àraidh anns a' gheamhradh, agus bha Ualtar, mar dhuine lèirsinneach, air an tiomnadh aige a dhèanamh mus fhalbhadh e: cha tug e ùine mhòr bhuaithe a chionn 's nach robh aige ri fhàgail aig daoine ach leabhar no dhà agus aodach.

Ràinig Ualtar Alloa gu sàbhailte a dh'aindeoin na sìde geamhrachaile. Nach b' esan a bha toilichte a bhith a' faicinn Sheumais, Màiri, a bhean, agus Eleanora, an nighean bheag bhòidheach. Dh'aithnich e anns a' bhad, ge-tà, gun robh Seumas air cuideam a chall agus gun robh e a' casadaich gu tric. Bha Ualtar fo iomagain mu dheidhinn.

An dèidh na seirbheis-baistidh, ghabh an teaghlach biadh còmhla. An uair sin, tharraing Màiri às a fhrithealadh do dh'Eleanora, a' fàgail nam fear ri còmhradh.

'Tha mi 'n dòchas gum bi do shlàinte a' dol am feabhas nuair a thig an t-earrach, a Sheumais,' ars Ualtar.

'Tapadh leibh, athair,' fhreagair Seumas. 'Tha mi 'n dùil gun tig. Chan eil an t-àile tais faisg air an abhainn a' tighinn rium. Ach innsibh dhomh, mas e ur toil e, ciamar a tha cùisean anns a' pharaiste? A bheil an sgìre aig sìth a-nis?'

'Tha, gu ìre mhòir, ma tha thu a' smaoineachadh air na paraistich san fharsaingeachd. Ach 's ann truagh a tha Gòrdanaich Thìr Preasaidh. Tha a h-uile coltas ann a-nis gun do dh'fhàillig cùis nan Stiùbhartach aig Blàr Chùil Lodair ach tha na Gòrdanaich a' faireachdainn fhathast buaidh a' gheur-leanmhainn a lean air a' chall. Fhuair Mairead Ghòrdanach agus a teaghlach bàirligeadh gus an dachaigh fhàgail. An uair sin, chaidh an tilgeil a-mach às a' chaisteal gun aca ach an t-aodach a bha umpa. Cheannaich *The York Buildings Company* ann an Lunnainn an caisteal agus an oighreachd. 'S ann an Cùl-uchdaich faisg air

Hunndaidh a tha Mairead a' fuireach a-nis ach chan eil fhios agam a bheil a' chlann còmhla rithe. Chuir brùidealachd nam fear a dh'fhuadaich iad eagal air Mairead, mar a thuigeadh tu, agus tha mi 'n dùil gun do chuir i a' chlann am falach ann an taighean a luchd-dàimh. Tha Seumas Gòrdanach, an truaghan, ann an àite air choreigin anns na h-Innseachan an Iar.'

'Ach is cinnteach gu bheil am fòirneart seachad a-nis, nach eil?' dh'fhaighnich Seumas.

'Tha, ach tha e air làrach mhòr fhàgail air daoine air feadh taobh tuath na h-Alba. Bha na Hanòbharaich trom air na Gàidheil. Rinn iad murt. Loisg iad an taighean. Ghoid iad an cuid sprèidh gus am faigheadh an fheadhainn nach d' fhuair bàs le faobhar a' chlaidheimh bàs leis a' ghort taobh a-staigh mìos no dhà. Cha robh iad buileach cho cruaidh air na daoine mun chost an ear ach bha na peanasan dona gu leòr dhaibhsan a thug taic dhan Phrionnsa, agus cha b' ann tearc a bha iad. Bha na Còtaichean Dearga trom air na Caitligich agus na h-Easbaigich ann an Obar Dheathain, mar eisimpleir. Nan sùilean-san bha iad uile nan Seumasaich. Sgrios iad an caibealan agus loisg iad an leabhraichean agus an àirneis san t-sràid. Ach tha cùisean air socrachadh beagan a-nis, gu sònraichte an dèidh a' mhathanais-choitchinn a chaidh a thoirt seachad ann an 1747. Bha a' mhòr-chuid de na prìosanaich uasal ann an Tùr Lunnainn air an leigeil mu sgaoil, Flòraidh NicDhòmhnaill nam measg. Ach tha iad a' sparradh Achd an Dì-Armachaidh air an t-sluagh gun lasachadh sam bith.'

'Agus càit' a bheil am Prionnsa Teàrlach fhèin?'

'Cò aige a tha fhios? Tha e mar dhìobarach. Chaidh fhuadach, gu h-oifigeil, bho chùirtean na Roinn Eòrpa fo chùmhnant Sìth Aix-la-Chapelle. Ach tha cuid ag ràdh gu bheil e anns an Fhraing, mar a tha mòran de na Seumasaich, a' dèanamh innleachdan mus till e a dh'Alba. Ach cha till, nam bheachd-sa.'

'Agus Diùc Chumberland?'

'Ann an Windsor, a rèir na chuala mise. Ach tha mi 'n dùil gur as miann leis tilleadh dhan arm Bhreatannach ann am Flanders.'

'A bheil am far-ainm, 'am Bùidsear', air fhathast?' dh'fhaighnich Seumas.

'Tha. Tha e a' cur sgàil air, agus bidh gu bràth, chanainn-sa.'

Bha sàmhchair ann airson greis, agus an dithis fhear a' mealtainn blàths an teine.

'Bidh Màiri agus Iseabail agaibh fhathast aig an taigh, athair.'

'Tha sin ceart. Tha Mairead pòsta a-nis agus air an nead fhàgail, ged nach eil ise agus an duine aice a' fuireach ach dà mhìle air falbh bhuainn ann an Àfard. Is math a rinn Màiri ann a bhith ag oideachadh Iseabail aig an taigh, ged a bhios iad a' dol gu tric a thaigh Mairead, taigh MhicIain, 'son ùrachadh, agus 'son fealla-dha tha mi 'n dùil. Bidh obair na paraiste gam chumail trang, mar a thuigeadh tu, nuair a bhios mi nam aonar.'

'Am pòsadh sibh a-rithist?'

'Cha phòsadh, a Sheumais, cha phòsadh. Ach na bi fo chùram mu mo dheidhinn. Tha mi sona mar a tha mi. Cha chuala mi facal air Baraball o chionn ghoirid, ach tha mi 'n dòchas gu bheil i toilichte, cuideachd, mar mhnaoi Dhaibhidh Laird.

'Nuair a chaochail do mhàthair, bha e mar gun robh an nì a b' uabhasaiche air tachairt dhomh. Bha bèarn mhòr, mhòr ann. Ach an dèidh bliadhna, no mar sin, bha mi den bheachd gur e toil Dhè a bh' ann gum pòsainn a-rithist, gum biodh companach agam nam bheatha agus nam obair. Bha Baraball fa chomhair mo shùilean: bha i òg, àlainn, beòthail ach, mar a tha fhios agad, cha robh cùisean air a bhith furasta dhi mus tàinig i a dh'obair aig a' mhansa. Bha mi a' smaoineachadh gum biodh i na deagh bhean dhomh agus aig an aon àm gun toirinn gràdh agus seasmhachd dhi, 's gum biodh i sona. Ach cha b' ann mar sin a bha e mar a tha fhios agad. Mar a thachair, bha mi air mo chiùrradh agus air mo mhaslachadh.'

'Air ur maslachadh? Is cinnteach gur ann oirrese...'

Thog Ualtar a làmh an-àird gus stad a chur air a mhac. 'Bha e duilich dhomh nuair a dh'fhalbh Baraball. Leag i m' aigne gu làr. Cha tuirt muinntir na paraiste mòran mu dheidhinn – tha mi 'n dùil nach robh fhios aca dè a chanadh iad. Is daoine gasta, stòlda a th' annta, agus chithinn anns na sùilean aca gun robh iad nan seasamh cuide rium anns a' chùis. Ma dh'fhaodte nach robh fear no dithis de mhinistearan Clèir Àfaird cho fialaidh. Bha e mar gun robh sgàil air choreigin ann eadarainn, sgàil neo-fhaicsinneach, agus bha mi a' faireachdainn, ged 's dòcha gun robh mi ceàrr, gun robh feadhainn aca a' toirt taobh fuar na còmhla rium a thaobh an sgaraidh-phòsaidh. No fiù 's roimhe sin gun robh iad a' smaoineachadh gur ann an dèidh mo shùl' a ghluais mo chridhe nuair a phòs mi Baraball, 's gun robh mi air mearachd a dhèanamh. Gur e seòrsa de laigse no gòraiche na h-aoise a bha orm.'

'Dè ur beachd fhèin, athair? An do rinn sibh mearachd?'

'Ma dh'fhaodte gun do rinn, a Sheumais. 'S i deagh cheist a th' ann, tè air a bheil mi air meòrachadh iomadach uair. Leis an fhìrinn innse, tha mi a' meòrachadh oirre fhathast. Ach am faodadh e a bhith na mhearachd a bhith a' gràdhachadh cuideigin nuair nach eil ann nad inntinn ach am math, an toileachas? Agus mar a thachair, tha coltas ann gum b' e mise a bu mhotha a ghràdhaich den dithis againn. Ged nach eil mi ag ràdh, nuair a thrèig Baraball mi, nach robh e a cheart cho duilich dhise. Chan eil cridhe cloiche aice.'

Ghnog Seumas a cheann.

'Ach tha mi air mòran ionnsachadh thairis air na sia bliadhna on uair sin,' lean Ualtar air. 'Bha mi an dùil ri falmhachd an dèidh an sgaraidh-phòsaidh agus bha, an toiseach. Ach cha b' fhada gus an tàinig e a-steach orm gun robh Dia air mo bheatha a dhèanamh làn marthà leis a' chreideamh a bh' agam, leis an teaghlach agam, le mo dhreuchd mar mhinistear, mar aoghair muinntir na sgìre. Dè a bha a dhìth orm? 'S iad nithean an spioraid as cudromaiche, nach iad?'

'Cha robh mi airson dad a ràdh aig an àm, athair, ach cha b' ionnan mo mhàthair agus Baraball idir.'

'Cha b' ionnan. Cha b' ionnan. Agus, 's e mearachd a rinn mi gun teagamh ma bha mi a' smaoineachadh riamh gum b' ionnan iad. Gu dearbh, 's dòcha gun robh mi ag iarraidh cus bho Bharaball o thoiseach a' ghnothaich.

Ma bha, uill 's e mo choire fhèin a bh' ann. Tha mi an dòchas gum bi thu gam chreidsinn, a Sheumais, nuair a chanas mi gum b' i do mhàthair riamh gaol mo chridhe. Agus sin mar a bhios gus an dealaich an anail rium.

'Tha cuimhn' agam nuair a bha mi ga suirghe. Bha ise a' fuireach aig taigh a h-athar ann an Rìoghnaidh, agus bha mise nam mhaighstir-sgoile ann an Àfard. Cha robh each agam agus dh'fheumainn coiseachd dusan mìle ann agus às airson a bhith a' tadhal oirre. Ach cha do dh'fhairich mi sgìths as t-samhradh no fuachd anns a' gheamhradh. Bha gaol agam oirre nach gabhadh mùchadh, mar lasair ag iarraidh nan speur. Bha a' chuimhne ud na cuideachadh dhomh nuair a bha mi a' feuchainn ris an roghainn a rinn Baraball a thuigsinn, a' feuchainn ri tuigsinn carson a ruitheadh i air falbh còmhla ri Daibhidh Laird, carson a chuireadh i cùl riumsa.'

'Tha mi duilich,' arsa Seumas gu dùrachdach.

Nochd fiamh a ghàire air gnùis Ualtair. 'Ach a-nis tha thusa agus Màiri air toileachas mòr, mòr a thoirt dhomh le Eleanora, a' chiad ogha dhomh. Tha i cho bòidheach. Bidh e glè dhuilich dhomh nuair a thilleas mi a Thulach Neasail an ceann latha no dhà – bidh mi ga h-ionndrainn. 'S e astar mòr a th' ann eadarainn. Na leig leatha dìochuimhne a dhèanamh orm, a Sheumais.'

'Cha leig. Cha leig idir, athair. Bheir mi dhuibh mo ghealladh.'

Bha gnogadh socair air an doras agus thàinig bean òg Sheumais a-steach, agus Eleanora na cadal na h-uchd. Chàirich Màiri an leanabh gu cùramach ann an gàirdeanan Ualtair.

22

Diùc Chumberland – Windsor, 1757

Sealladh a Sia – Windsor,
11mh den Dàmhair 1757

NA PEARSACHAN:
Am Prionnsa Uilleam Augustus, Diùc Chumberland
An Corpailear Iain MacThòmais, *batman* an Diùc

(Tràth anns an fheasgar. Seòmar-leughaidh pearsanta an Diùc anns an taigh aige air tulach os cionn locha ann am Pàirc Windsor. Tha na ballachan còmhdaichte le cèisean làn leabhraichean. Tha an Diùc na shuidhe ann an sèithear mòr, a chas dheas air muin stòl. Tha peitean dearg agus seacaid fhada ghlas air – tha e follaiseach gu bheil e air fàs nas reamhra thar nam bliadhnaichean. Tha an Corpailear na sheasamh mu a choinneamh, seacaid fhada dhubh an t-seirbheisich uime. Aig toiseach an t-seallaidh, tha e ag èisteachd ris an Diùc gu dlùth.)

DIÙC CHUMBERLAND: Tha m' athair cho feargach ri speach ann am botal.

Nach feuch thu ri co-fhaireachdainn a nochdadh dhomh, a MhicThòmais?

AN CORPAILEAR MACTHÒMAIS *(a' cromadh a chinn a dh'ionnsaigh an Diùc)*: Ur Mòrachd.

DIÙC CHUMBERLAND: 'S ann mì-chiatach a tha e! Nach do rinn mi mo dhìcheall ann a bhith a' seasamh a chòraichean? Ach a-nis tha e air toirt orm mo dhreuchd a leigeil dhìom. Is gann as urrainn dhomh a chreidsinn. Tha mi air an rud as cudromaiche dhomh a chall, an àrd-inbhe a bha agam mar Chaiptean-seanailear an airm Bhreatannaich.

Thug m' athair mathanas dhomh nuair a bhuail na Frangaich gu trom air na saighdearan agam aig Blàr Fontenoy, ach cha tug an dèidh dhomh m' ainm a chur ri Cùmhnant Klosterzeven ged as ann le bhith a' dèanamh sin a shàbhail mi an t-arm Hanòbharach. Cha robh roghainn agam ach dùthaich Hanòbhair a thoirt suas do na Frangaich. Na bheachd-san, leig mi sìos e.

(Tha an Corpailear na thost. Chan eil e a' coimhead air an Diùc tuilleadh ach, a rèir coltais, air rudeigin a tha astar math air falbh.)

DIÙC CHUMBERLAND: An creideadh tu gu bheil mi an comain Horace Walpole airson bruidhinn às mo leth an turas seo? Am bitheantas, tha e a' còrdadh ris ball-magaidh a dhèanamh dhìom, a' sgrìobhadh phìosan eirmseach air mo ro-reamhrachd? 'S dòcha gu bheil e air fàs sgìth dheth sin.

Biodh sin mar a bhitheadh, tha a h-uile coltas ann gun robh an rìgh air mo dhiùltadh mar a mhac. Tha e air tàir a dhèanamh orm. Tha e ag ràdh gu bheil mi air a bhrath. Agus seo mise, sia bliadhna deug air fhichead a dh'aois agus gun dreuchd agam. Tha mi air mo dhleastanasan armailteach agus rìoghail a leigeil seachad uile gu lèir, mura biodh na Frangaich nan seasamh air talamh Shasainn – sin an aon chàs anns am bithinn a' tilleadh mar shaighdear. Tha mi an dùil gun caith mi an ùine agam anns an àm ri teachd a' leasachadh Chaisteal Windsor agus a chrìochan, agus ann a bhith a' briodadh agus a' rèiseadh each. Dè do bheachd, a MhicThòmais?

AN CORPAILEAR MACTHÒMAIS: Ur Mòrachd?

(Chan eil an Diùc mothachail nach eil an Corpailear ag èisteachd ris tuilleadh. Tha an Diùc a' cumail air a' bruidhinn.)

DIÙC CHUMBERLAND: 'S dòcha gun tig piseach air mo shlàinte thar nam bliadhnaichean a tha romham. Bha amannan ann am Flanders nuair nach b' urrainn dhomh m' anail a tharraing. Thathar ag ràdh gur e an sac a tha orm, ach dh'fheumainn aideachadh gu bheil mi ro thiugh mun mheadhan – tha e anns na daoine agam. Agus chan eil a' ghlùn leònta na cuideachadh dhomh. Chan urrainn dhomh eacarsaich a dhèanamh mar a bu toigh leam – bidh an lot a' briseadh sìos. 'Fois is fuarlitean.' Sin comhairle nan lannsairean. Ged is mise a

DIÙC CHUMBERLAND – WINDSOR, 1757

bha air mo mhaslachadh nuair a bha agam ri fuireach anns a' charbad aig an raon-rèisidh am-bliadhna, air mo shlaodadh mun cuairt leis na seirbheisich agam.

Ach Windsor. Tha an caisteal agus an fhrìth a' còrdadh rium gu mòr. Nach math, nuair a bha mi aig àrd mo neirt o chionn beagan bhliadhnaichean air ais, gun do rinn iad Maor-coille na Pàirce dhìom? Mu dheireadh thall, bidh ùine agam an dleastanas sin a choileanadh gu dìcheallach. Tha mi air an t-òrdugh a thoirt seachad mar-thà nach fhaod na daoine cumanta fiodh a thogail anns a' choille mar chonnadh. Bidh iad a' cur eagal air na fèidh.

Mus fhalbh thu, a MhicThòmais, bu toigh leam seo a ràdh – cha dèan mi dìochuimhne air 1746 agus Blàr Chùil Lodair gu bràth. B' e sin a' bhuaidh a bu ghlòrmhoire agam. An aon bhuaidh am measg nan cathan eile a chaill mi. Tha mi air cus a chluinntinn mun bhuirbe a lean air a' bhlàr fhèin. Mar mhac dìleas an rìgh, mar shaighdear agus mar thìr-ghràdhaiche, rinn mi na bha ceart nam shùilean fhìn agus shoirbhich leam: chuir mi às dhan t-Seumasachd. 'S i a' cheist as cudromaiche ann an iomairt armailtich sam bith, an do choisinn i an t-amas a bha san amharc. Ma choisinn, is ionnan am math agus an t-olc. Cha ghabhainn suim aona chuid den chliù no den mhì-chliù a bheireadh daoine dhomh.

Air Latha a' Bhreitheanais, seasaidh mi fa chomhair a' Chruthaidheir leis an aon bharail.

(Tha an Corpailear a' cromadh a chinn agus a' falbh, a' fàgail an Diùc na aonar.)

23

Bruthach nan Smeòrach

Tulach Neasail, Là na Sàbaid an dèidh Fèill Mhàrtainn, 13mh den t-Samhain 1757

AIG DEIREADH SEIRBHEIS na maidne, thug muinntir Thulach Neasail dà chupan-comanachaidh airgid dhan eaglais mar chomharradh air an taingealachd aca – bha Ualtar Syme air a bhith na mhinistear dhaibh fad còig bliadhna deug air fhichead.

B' e Teàrlach Blair, ceàrd-òir ann an Dùn-Èideann, a bha air na cupannan a dhealbhadh: fo na faclan 'Ma tha tart air neach sam bith, thigeadh e dham ionnsaigh-sa agus òladh e,' bha seantans air a gràbhaladh a' toirt spèis do dh'Ualtar fhèin. Bha aon unnsa deug air fhichead de dh'airgead anns na cupannan – cha bu bheag an oidhirp a rinn tuath na paraiste gus am pàigheadh iad na cosgaisean.

Bha Ualtar air a bhualadh balbh leis an tiodhlac – cha robh fhios aige air a' ghnothach mus do nochd na cupannan. Ach bho thoiseach na bliadhna ùire, bha e follaiseach dhan a h-uile duine gun robh Ualtar a' dol bhuaithe leis gach seachdain a chaidh seachad. Bu tric a bhiodh aige ri stad agus anail a ghabhail fhad 's a bha e a' searmonachadh. An dèidh na seirbheis, bhiodh sgìths uabhasach air agus choisicheadh e air ais dhan mhansa mar gun robh uallach trom air a ghuailnean.

Bho àm gu àm thigeadh e thuige fhèin agus bhiodh còmhradh math aige còmhla ri Màiri agus Iseabail. Aig amannan eile bhiodh e a' dol na chadal letheach slighe tro sheantans. Mar a thachair do dh'Ealasaid, a bhean nach maireann, bha adhbrannan air at. B' e deireadh a' ghnothaich gun tàinig Mairead a dh'fhuireach anns a' mhansa gus taic a chumail ra peathraichean ann a bhith a' toirt cùram dan athair.

Chaochail Ualtar air an 27mh den Iuchar 1758. Aig èirigh na grèine, fhuair Màiri a h-athair na laighe tarsainn air a leabaidh mar gun robh e air a bhith a' feuchainn ri èirigh ann an uairean beaga na maidne agus an uair sin air tuiteam an cobhair a chùil air a dhruim dìreach.

**

B' e latha brèagha a bha ann aig Eaglais Thulach Neasail.

Bha an smeòrach a' seinn an òrain cheòlmhoir aige mar gun robh e a' feuchainn ris an sean-fhacal a dhearbhadh gur binn gach eun na dhoire fhèin. Aig an aon àm, bha a chèile trang ag obair air càrn ùire, feuch an lorgadh i boiteagan mar bhiadh do na trì iseanan aca. Sin an dàrna àl a bha iad air togail a' bhliadhna ud, an dèidh obair a' chreachadair air a' chiad àl – b' e neas a bha anns a' mhèirleach shuarach. Bha iad air nead ùr a dhèanamh, àrd ann an craobh-bheithe air a' bhruthach chas mu choinneamh na h-eaglaise.

Mu mheadhan latha, ge-tà, chuir clag na h-eaglaise stad air òran na smeòraich agus dh'fhalbh an dà eun às a' chladh. Chrath osag gaoithe duilleagan na doire aca, mar gun robh an gleann fhèin ag iarraidh air a h-uile dùil bheò a bhith na tost.

Bho dhaighneach na craoibh-beithe, chunnaic na smeòraichean sreath de dhaoine a' coiseachd gu slaodach a dh'ionnsaigh na h-uaghach. Aig ceann a' bhuidhinn, bha ministear le leabhar na làmhan agus sianar fhear a' giùlan ciste-laighe. Stad am ministear fhad 's a bha an sianar a' cur na ciste sìos air na dèilean agus a bha an sluagh mòr, còrr is ceud duine, a' cruinneachadh mu thimcheall: bha ceann crom air gach fear is tè dhiubh agus na deòir air gruaidhean mòrain. Cha robh fhios aig duine aca, ach bha iad nan seasamh air an dearbh làraich far an do sheas muinntir a' ghlinne o chionn fhada an t-saoghail a dh'èisteachd ri Neachtan agus e a' seinn salm.

Chuala an dà smeòrach fuaim mar dhranndan sheilleanan – bha am ministear ri ùrnaigh. Mar thoradh air an t-sluagh mhòr, chan fhaca na h-eòin ciste-laighe Ualtair Syme ga càradh anns an uaigh ri taobh dust a mhnà, Ealasaid.

An dèidh greis, dh'fhàg muinntir bhrònach Thulach Neasail an cladh ach a-mhàin an dithis a bha ag obair le spaidean gus toll na h-uaghach a lìonadh.

Dh'aom an smeòrach a cheann ri aon taobh. Dh'fhalbh a chèile a dh'iarraidh lòn dhan àl. Bha iteagan bòidheach air an fheadhainn bheaga seo agus an comasan-itealaich a' fàs na b' adhartaiche leis gach latha a chaidh seachad. Nach b' iadsan a bha àlainn agus am pàrantan cho moiteil asta!

Nochd a' ghrian bho chùl nan sgòthan agus thòisich an smeòrach ri seinn a-rithist,

"'Ille ruaidh bhig, 'ille ruaidh bhig,
Trobhad dhachaigh, trobhad dhachaigh.'

Eàrr-ràdh

Earrannan à Pàipearan an Urr Ualtair Syme

Eaglais an Naoimh Neachtain

BHA AN SGÌRE air a bhith ann o thoiseach tìm, on a chruthaich Dia na nèamhan agus an talamh.

An toiseach, bha feur, preasan agus craobhan a' fàs – an t-aiteann, a' bheithe, an seileach, an critheann, an giuthas. Cha robh càil ri chluinntinn ann ach na sruthan a' torman gu socair. An uair sin, rinn na creutairean beaga mar luchan agus radain an dachaighean anns a' ghleann agus chualas ceilearadh eunlaith an adhair – na gealbhonnan, na smeòraichean, na loin-dubha. Thàinig na beathaichean mòra – na dòbhar-choin, na tuirc, na mathanan, na madaidhean-allaidh, na loin, na h-eich fhiadhaich agus na fèidh.

Mar thoradh air a mhaitheas, chruthaich Dia duine, fireannach agus boireannach, na dhealbh fhèin chum 's gum biodh iad a' mealtainn gach nì math a bha E air solarachadh dhaibh.

Ach thàinig an Tuiteam, agus fo bhuaidh nan Draoidhean, rinn tùsanaich Thulach Neasail cearcall de chlachan mòra airson an adhradh pàganach a chuartachadh. Anns a' chearcall, bhiodh aon chlach mhòr aca na laighe air a cliathaich ris an canadh iad a' chlach-sleuchdaidh. Bha fear de na cearcaill sin air an tulach ghorm faisg air comar an dà uillt anns a' ghleann.

Ann an coileanadh na h-aimsir, ge-tà, nochd Neachtan còir, fear de na Cruithnich a bha àrd, dreachmhor, fear aig an robh aghaidh shuilbhir, thaitneach – agus nach b' esan a bha dealasach ann an obair an Tighearna! Thàinig aisling gu Neachtan anns an oidhche agus e na chadal anns a' chill aige ann an Nér air bruach Uisge Dheathain. Rinn e trasg fad dà latha. Bha e na chaithris agus ri ùrnaigh fad dà oidhche. An uair sin, dh'fhàg e Nér air madainn shoilleir ged nach robh e buileach cinnteach dè an ceann-uidhe a bhiodh aige.

Aig an àm ud, bha an dùthaich mar fhàsach, gun slighe thèarainte idir, ach chùm Neachtan air gu daingeann tro na coilltean tiugha dorcha air bruach na h-aibhne. 'S e an Tighearna fhèin a threòraich e agus a dhìon e bho ionnsaighean nam fiadh-bheathaichean a bha iomadach uair airson a sgrios.

Fhuair Neachtan lorg air allt brèagha a bha a' sruthadh a-steach do dh'Uisge Dheathain agus lean e e, a' sreap suas a-steach do ghleann uaigneach. Nuair a ràinig e an tulach gorm, bha fhios aige anns a' bhad gum b' e seo an t-àite ceart, àite na h-aisling aige. Bha mìle eun a' ceilearadh gu binn dha; bha geugan nan craobhan fhèin a' lùbadh sìos dha ionnsaigh mar gun robh iad a' cur fàilte air ged nach robh duine sam bith ri fhaicinn.

Chòrd an t-àite gu mòr ri Neachtan ach bha a chridhe goirt nuair a sheas e ann am meadhan cearcall clachan nan Draoidhean – bha fhios aige gun robh na daoine seo fo sgàile a' bhàis, air chall nam pàganachd. Chuir e a bhachall agus fhallaing sìos air an talamh agus thòisich e air salm a sheinn. Bha guth cumhachdach aige a chluinnte gu soilleir air astar mìle air falbh nuair a thogadh e an-àird e gus an Cruthaidhear a mholadh.

Mar a bha e an dùil, cha robh Neachtan na aonar anns a' ghleann bhòidheach, ghorm. Bha muinntir na sgìre air a bhith a' gabhail beachd air, agus iad am falach fo na craobhan. Chuala iad an ceòl mìorbhaileach agus, ged nach do thuig iad na facail Laidinn, dh'àrdaicheadh an anman agus leaghadh an cridhe ann an dòigh nach robh iad air fhaireachdainn a-riamh roimhe. Thàinig na daoine am follais, fir agus mnathan, gus an robh iad ag iadhadh Neachtain. Chaidh cuid dhiubh sìos air an glùinean.

Nuair a chuir Neachtan crìoch air an t-salm, thòisich e air bruidhinn riutha mu ghràdh agus fulangas Ìosa Crìosd, Mac Dhè, Prionnsa na Sìthe. An dèidh sin, rinn e iomadach mìorbhail am fianais an t-sluaigh, leighis e an tinneasan agus thug e cofhurtachd do luchd a' chridhe bhriste.

Mar a bhiodh dùil, chuir sagartan nan Draoidhean na aghaidh gu cumhachdach leis gach innleachd charach agus cleas, ach cha b' fhada gus an tug Neachtan a' bhuille-bhàis dhan saobh-chreideamh aca. Bhris muinntir na sgìre clachan nan Draoidhean agus thog iad eaglais far an dèanadh iad adhradh dhan t-Slànaighear agus an toireadh iad a' ghlòir a bha cubhaidh da ainm.

Anns na linntean a lean, nuair a bha Coinneach MacAilpein na rìgh, nochd manaich bhon àird an iar a' toirt leotha cànan is cùltar nan Gàidheal. B' ann mun àm ud a thug na daoine Tulach Neasail mar ainm dhan chnoc ghorm leis an eaglais air a' mhullach.

***

Earrann à *Aithris air Eaglais agus Mansa Thulach Neasail do Chlèir Àfaird,*

Fèill Mhàrtainn 1742

Thogadh Eaglais Thulach Neasail mu 1604 AD (mar a chithear sgrìobhte air a' chot cluig) air làraich naoimh far an robh cill ann bho linn an Naoimh Neachtain. A dh'aindeoin aois na h-eaglaise, tha a' chlachaireachd riaghailteach math agus 's ann fìnealta a tha an cot cluig. Tha tugha de dh'fhraoch agus sgrathan air mullach an togalaich. Chan eil e dìonach idir ann an aimsir fhliuch, le snighe follaiseach ann an iomadach àite. Tha dà cheud inbheach is leth-cheud 's a naoi nam ball den eaglais agus is tric nach eil an eaglais rùmail gu leòr dhaibh. Bidh a' mhuinntir as bochda nan suidhe air dèileachan air mullach chàrn de sgrathan aig cùl na h-eaglaise.

Bha mansa Thulach Neasail air ath-thogail, gu ìre mhòir, ann an 1726 mar thoradh air fialaidheachd nan oighreachan. Chan eil e na iongnadh, a-rèist, gu bheil an togalach ann an staid mòran nas fheàrr na an eaglais a chaidh a thogail o chionn còrr is ceud bliadhna. Tha clachaireachd, uinneagan agus tughadh a' mhansa ann an deagh òrdugh agus dìonach. Tha am mansa cofhurtail agus rùmail gu leòr airson teaghlach a' mhinisteir, còignear a-nis on a chaidh a mhac dhan oilthigh, agus na searbhanta aca.

Fo stiùireadh Ealasaid Syme, bean a' mhinisteir, tha a' ghlìb a' toirt a-mach toradh math de choirce, uinneanan, currain, currain gheal, creamh, creamh-gàrraidh agus snèapan: tha biadh gu leòr ann do theaghlach a' mhansa agus an còrr ri reic, no ri thoirt seachad do mhuinntir bhochd na paraiste. Tha lios-luibhean ann, far am bi bean a' mhinisteir a' cur slàn-lus, ròs-Moire, lus an rìgh, lus na Frainge, burmaid agus bailm. A thuilleadh air sin, tha cuach Phàdraig ri fhaighinn air na ceuman air feadh na glìbe agus lus chneas Chù-Chulainn agus pionnt a' fàs gu pailt air an talamh ìosal bhog faisg air Allt Suidhe. 'S ann leis na lusan seo agus le luibhean tiormaichte a bhios Ealasaid Syme a' dèanamh nan cungaidhean-leighis a tha cho feumail dhan a h-uile duine anns an sgìre. A bharrachd air sin, tha an lios-luibhean a' còrdadh ris na seilleanan beaga a tha a' gabhail còmhnaidh ann an trì beachlannan aig ceann shuas na glìbe, far a bheil preasan de sgìtheach-dubh agus de dh'aiteann a' toirt fasgadh dhaibh.

Iar-fhacal

Às dèidh a' Phrionnsa

CHA DO THILL Teàrlach Eideard Stiùbhart a dh'Alba, ged a thadhail e air Lunnainn gu falachaidh ann an 1750 a chum 's gun rachadh a ghabhail a-steach mar bhall de dh'Eaglais Shasainn. Fad iomadh bliadhna, bha e ag obair air innleachdan feuch am biodh cothrom eile dha crùn Bhreatainn a chosnadh da athair no dha fhèin. Ro dheireadh a bheatha, ge-tà, chaill e a dhòchas. Dh'òl e cus deoch làidir agus chaidh a thrèigsinn leis a' mhòr-chuid de a luchd-taice. Aig deireadh a rèis, bha e a' fuireach anns an Ròimh far an robh an nighean dhìolain aige, Charlotte, a' gabhail cùram dheth gu dìleas. Chaochail e air an 30mh latha den Fhaoilleach 1778 aig aois leth-cheud 's a seachd. Thiodhlaiceadh e ann am fear de na crùislean ann am Basilica an Naoimh Pheadair anns an Ròimh.

Fhuair am Prionnsa Uilleam Augustus, Diùc Chumberland, bàs aithghearr ann an Lunnainn air an 30mh latha den Dàmhair 1765. Bha e dà fhichead 's a ceithir bliadhna a dh'aois. Chaidh a chorp a sgrùdadh an dèidh a bhàis. Bha a chridhe air fàilligeadh mar thoradh air an ro-reamhrachd aige. Cha robh e pòsta a-riamh agus cha robh teaghlach aige.

Chaidh an Còirneal Iòsaph Yorke air adhart a bhith na Sheanailear anns an arm Bhreatannach. Dh'obraich e mar dhioplomat agus mar thosgaire anns an Roinn Eòrpa agus anns na colonaidhean thall thairis. Bha e na Bhall den Chomhairle Dhìomhair agus bha àite aige ann an Taigh nam Morairean mar Mhorair Dhover mus do chaochail e ann 1792 aig aois trì fichead 's a h-ochd.

Tha leac-uaighe Ualtair Syme agus a chiad mhnà, Ealasaid, ri fhaicinn fhathast ann an cladh Thulach Neasail. Phòs am mac a bu shine aca, Seumas ministear Alloa, Màiri Robastan piuthar Ceannard Oilthigh Dhùn Èideann. Rugadh nighean dhaibh, Eleanora, ann an 1752. Chaochail Seumas ann an 1753: cha robh e ach deich air fhichead bliadhna a dh'aois. Phòs Eleanora Morair Bhrougham agus rug i Eanraig, Morair Bhrougham agus Vaux, a dh'èirich gu bhith na Àrd-mhorair Ceartas Bhreatainn. Thug e taic làidir do dh'Achd Cur Às na Tràillealachd 1833. Phòs Mairead Syme (nighean Ualtair agus Ealasaid) Alasdair MacIain, ministear Àfaird, ann an 1751. Phòs Màiri Syme Iain Dingwall, a bha na cheannaiche agus na bhàillidh ann an Obar Dheathain, ann an 1786. Phòs Iseabail Syme Seumas Forsyth, ministear Baile Shealbhaich, Siorrachd Obar Dheathain, ann an 1767.

Chaochail Baraball Calder air an 4mh den Ghearran 1775. Chan eil sgeul air a h-ainm air leac-uaighe ann an Tulach Neasail no ann an Àfard. Chan eil fios le cinnt dè thachair eadar Baraball agus Ualtar – thàinig an sgeulachd aca à mac-meanmna an ùghdair – ach tha e clàraichte gun do phòs i Seumas (anns an nobhail seo 'Daibhidh') Laird air 27mh den Iuchar 1748.

Chaochail Mairead Ghòrdanach, banntrach Thèarlaich, ann an 1777 aig Cùl-uchdaich, Siorrachd Obar Dheathain. Reic *The York Buildings Company* Caisteal Thìr Preasaidh do Sheumas Gòrdanach Chnoc an Easbaig mu 1760. Bha Seumas agus Teàrlach nach maireann anns na h-iar-oghaichean. Bha an caisteal ga chleachdadh mar thaigh-tuathanaich gu 1855. Aig toiseach an fhicheadamh linn bha e na thobhta ach chaidh ath-nuadhachadh o chionn ghoirid gu bhith na àite-còmhnaidh spaideil.

Chaidh Seumas, mac Theàrlaich agus Mairead, a Jamaica nuair a chaidh a leigeil mu sgaoil às a' phrìosan ann an 1748. Ann an 1764, rinn am Morair Adhamh Gòrdanach, a bha na eòlaiche ann an sloinntearachd, iomradh air Seumas Gòrdanach à Tìr Preasaidh a bha a' fuireach aig an àm ann an Jamaica agus ag obair mar *mahogany cutter*.

Theich am Morair Lewis Gòrdanach dhan Fhraing an dèidh Blàr Chùil Lodair. Bha e ann an cuideachd a' Phrionnsa Theàrlaich nuair a chaidh esan a thadhal air an Rìgh Louis a Chòig-deug ann an Lùchairt Versailles ann an 1746 no 1747. Cha do thill am Morair Lewis a dh'Alba a-riamh, ged a bhiodh e ag ionndrainn a dhachaigh gu mòr. Bha tinneas fiabhrasach air fhad 's a bha e anns an Fhraing – sgrìobh e gu a bhràthair, Cosmo Gòrdanach, gun robh na lighichean air fuil a thoirt às iomadach uair. Cha tàinig feabhas air, ge-tà – thathar a' smaoineachadh gun do chaochail e ann an Montreuil, faisg air Paras, ann an 1754 aig aois fichead 's a naoi.

'S ann ficseanail a tha na caractaran eile anns an nobhail.

Chaidh Eaglais Thulach Neasail ath-thogail agus a leudachadh ann an 1876. Ann an 2000, chaidh a dùnadh le Eaglais na h-Alba agus a coitheanal a ghabhail a-steach do dh'Eaglais na Trianaid ann an Àfard. 'S ann leis a' bhuidheann *The Friends of Tullynessle Old Kirk* a tha an eaglais an-diugh agus i fhathast ga cleachdadh airson adhradh ceithir tursan anns a' bhliadhna, a bharrachd air bainnsean agus tòrraidhean. Chithear an seann chot cluig fhathast ann an cill na h-eaglaise.

Tha doire chraobhan-beithe fhathast air Bruthach nan Smeòrach, mu choinneamh na h-eaglaise.

Tùsan

ANN A BHITH a' rannsachadh nam beachdan eadar-dhealaichte air an ar-a-mach Sheumasach ann an 1745/6, chleachd mi na tùsan a leanas: an aiste 'A' Ghàidhealtachd and the Jacobites' le Alan I MacInnes ann am *Bonnie Prince Charlie and the Jacobites*, David Forsyth (deas.), NMS Enterprises Edinburgh 2017; *Charles Edward Stuart. The Life and Times of Bonnie Prince Charlie*, David Daiches, Thames and Hudson, London 1973; *William Augustus, Duke of Cumberland* le Rex Whitworth, Leo Cooper, London 1992; *The Butcher. The Duke of Cumberland and the Suppression of the 45* le W A Speck, Welsh Academic Press, Caernarfon, Cymru 1992; *The 45. Bonnie Prince Charlie and the untold story of the Jacobite Rising* le Christopher Duffy, Cassell, London 2003; *Fight for a Throne. The Jacobite '45 Reconsidered* le Christopher Duffy, Helion, Warwick 2015; *Jacobites. A new history of the Jacobite Rebellion* le Jacqueline Riding, Bloomsbury, London 2016; *Culloden. Battle and Aftermath* le Paul O'Keeffe, Vintage, Penguin Random House 2023.

Tha Pàipearan an Urr Ualtair Syme mar phàirt den fhicsean, ach tha eachdraidh Eaglais Thulach Neasail agus an teaghlaich aig Ualtar rin lorg:

ann am *Fasti Ecclesiae Scoticanae*, leabhar 6 (Clèir Àfaird) le Scott H et al, Oliver and Boyd, Edinburgh 1925; ann an

Seann Chunntas Staitistigeach na h-Alba, leabhar 4, agus Cunntas Staitistigeach Ùr na h-Alba, leabhar 12: 'Parish record for Tulllynessle in the county of Aberdeen', rim faighinn air loidhne aig https://stataccscot.edina.ac.uk/; agus ann an Clàr Seisean Eaglais Thulach Neasail, CH2/358, ri fhaighinn air làrach-lìn nrscotland.gov.uk.

Fhuair mi eachdraidh Gòrdanaich Thìr Preasaidh anns an leabhar *The House of Gordon Vol II* le J M Bulloch, Spalding Club, Aberdeen 1907; anns an leabhar *Jacobites of Aberdeenshire and Banffshire in the Forty-five* le Alistair agus Henrietta Tayler, Milne agus Hutchison, Aberdeen 1928; ann an *Notes on the family of Gordon of Terpersie* le D Wimberley, Northern Chronicle Office, Inverness 1900, ri fhaighinn air an eadar-lìon aig https://digital.nls.uk/histories-of-scottish-families/archive/95590877?mode=transcription; agus ann an 'Glenbucket's Regiment of Foot, 1745-46' le Charles Grant, *Journal for the Society of Army Historical Research* 31-41, 28, 1950.

Nochd an litir mu dheireadh a sgrìobh Teàrlach Gòrdanach gu Mairead, a bhean, anns an leabhar deasaichte le J M Bulloch shuas; nochd an litir a sgrìobh an t-Urr Pàdraig Gòrdanach gu Mairead Ghòrdanach anns an leabhar le Alistair agus Henrietta Tayler shuas. Rinn mi deasachadh beag air na litrichean seo (a bha sgrìobhte anns a' Bheurla) mus do chuir mi iad ris an sgeulachd.

Fhuair mi fiosrachadh mu ainmean-àite anns an leabhar *Place-names of Scotland* le Iain Taylor, Birlinn, Edinburgh 2011, agus air an làrach-lìn https://www.ainmean-aite.scot

Bha na leabhraichean a leanas feumail dhomh fhad 's a bha mi a' rannsachadh agus a' sgrìobhadh na nobhail: *Co-*

chruinneachadh, air a chur r' a chèile le iarrtas Comunn Àrd-Sheanadh Eaglais na h-Alba le Tormaid MacLeòid (deas.), A Young, Glaschu 1828; *Place Names in Strathbogie* le James MacDonald, D Wyllie and Son, Aberdeen 1891; *Records of the Exercise of Alford,* leis an Urr Thomas Bell (deas.), New Spalding Club, Aberdeen 1897; *An Angus Parish in the Eighteenth Century* leis an Urr W Mason Inglis, John Leng et Co, Dundee 1904; *Annals of the Parish* le John Galt, Turnbull and Spears, Edinburgh 1910; *The Prince,* le Niccolo Machiavelli (1469–1527) anns an eadar-theangachadh a rinn George Bull, Penguin Books, Harmondsworth, Middlesex 1961; *Oideas agus Aithris* le Comhairle na h-Alba airson Ransachadh ann am Foghlum, University of London Press, London 1964 – tha an t-òran eadar an smeòrach agus an t-isean anns an leabhar seo; *Highland Songs of the Forty-Five* le John Lorne Campbell (deas.), Scottish Gaelic Texts Society, Edinburgh 1997; 'Ministers and Society in Scotland 1560–c1800' le Ian Whyte agus 'Roman Catholics in Scotland: Late Sixteenth to Eighteenth Centuries' le James R Watts ann an *Scottish Life and Society, Volume 12, Religion*, Colin MacLean agus Kenneth Veitch (deas.), John Donald, Edinburgh 2006; *Hand Spinning and Natural Dyeing* le Claire Boley, The Good Life Press Ltd, Preston 2011; *Gaelic Proverbs* le Alexander Nicolson (deas.), Birlinn, Edinburgh 2011; *Scottish Customs from the Cradle to the Grave* le Margaret Bennet, Birlinn, Edinburgh 2016 – tha fiosrachadh anns an leabhar seo mun chleachdadh 'a' tarraing an stuic chàil'; *Independence or Union. Scotland's Past and Scotland's Present* le T M Devine, Penguin, London 2016; agus Kurt C Duwe, Gàidhlig (Scottish Gaelic) Local Studies, Volume 21: Bàideanach, Srath Spè, Nàrann, agus Bràighean Mhàrr, 3mh

Eagran, an t-Ògmhios 2024. http://www.linguae-celticae.de/dateien/Gaidhlig_Local_Studies_Vol_21_Baideanach_Narann_Ed_III.pdf ruigte 27mh an Iuchar 2024.

Fhuair mi fiosrachadh air na luibhean a bhathar gan cleachdadh mar chungaidh-leighis anns na linntean a dh'fhalbh ann an *Craobhan* le C M Storey, L Storey agus C Dillon, Clàr, Inbir Nis 2000; ann an *Healing Threads* le Mary Beith, Birlinn, Edinburgh 2004; agus ann an *The Gardener's Companion to Medicinal Plants* le Monique Simmonds, Melanie-Jayne Howes agus Jason Irving, Frances Lincoln, London 2016.

Bha fiosrachadh feumail ann air galaran bàsmhor anns an ochdamh linn deug anns an leabhar *The Healers. A History of Medicine in Scotland* le David Hamilton, Canongate Publishing, Edinburgh 1981; ann am *Parish Life in Eighteenth Century Scotland* le Maisie Steven, Scottish Cultural Press, Dalkeith 1995; agus air an làrach-lìn https://stataccscot.edina.ac.uk/static/statacc/dist/viewer/osa-vol15-Parish_record_for_Benholme_in_the_county_of_Kincardine_in_volume_15_of_account_1/

'S iad tùsan nan trì eapagraman aig toiseach an leabhair: *Sgrìobhaidhean Choinnich MhicLeòid* deasaichte le Thomas Moffat Murchison, Scottish Gaelic Texts Society, Edinburgh 1988 (gheibhear tuilleadh fiosrachaidh aig www.SGTS.org.uk); *The Prince* le Niccolo Machiavelli, anns an eadar-theangachadh a rinn William K Marriott, J M Dent and Sons Ltd, London 1908; agus *Am Bìoball Gàidhlig,* Comann-Bhìoball na h-Alba, Dùn Èideann 2000.

A thaobh nan earrannan eile às a' Bhìoball a chleachdar anns an nobhail: ann an 1745, bhiodh na ministearan a' dèanamh nan eadar-theangachaidhean Gàidhlig aca fhèin de na Sgriobtairean. B' ann an 1767 a nochd an Tiomnadh Nuadh Gàidhlig, agus bha an Seann Tiomnadh coileanta ann an 1801.

Craobh-theaghlaich nan Symes

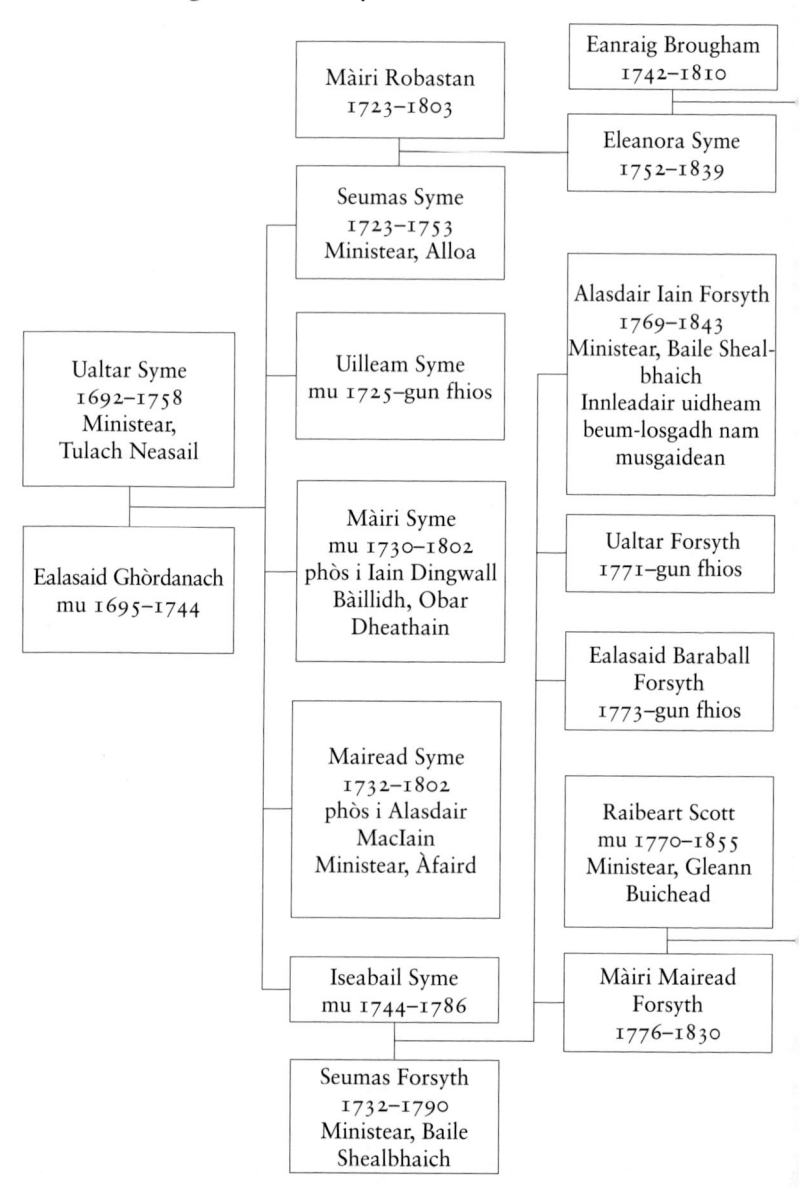

- **Ualtar Syme**
  1692–1758
  Ministear,
  Tulach Neasail
- **Ealasaid Ghòrdanach**
  mu 1695–1744

  - **Seumas Syme**
    1723–1753
    Ministear, Alloa
    - **Màiri Robastan**
      1723–1803
      - **Eleanora Syme**
        1752–1839
        - **Eanraig Brougham**
          1742–1810
  - **Uilleam Syme**
    mu 1725–gun fhios
  - **Màiri Syme**
    mu 1730–1802
    phòs i Iain Dingwall
    Bàillidh, Obar
    Dheathain
    - **Alasdair Iain Forsyth**
      1769–1843
      Ministear, Baile Sheal-
      bhaich
      Innleadair uidheam
      beum-losgadh nam
      musgaidean
    - **Ualtar Forsyth**
      1771–gun fhios
    - **Ealasaid Baraball Forsyth**
      1773–gun fhios
  - **Mairead Syme**
    1732–1802
    phòs i Alasdair
    MacIain
    Ministear, Àfaird
  - **Iseabail Syme**
    mu 1744–1786
    - **Raibeart Scott**
      mu 1770–1855
      Ministear, Gleann
      Buichead
    - **Màiri Mairead Forsyth**
      1776–1830
  - **Seumas Forsyth**
    1732–1790
    Ministear, Baile
    Shealbhaich

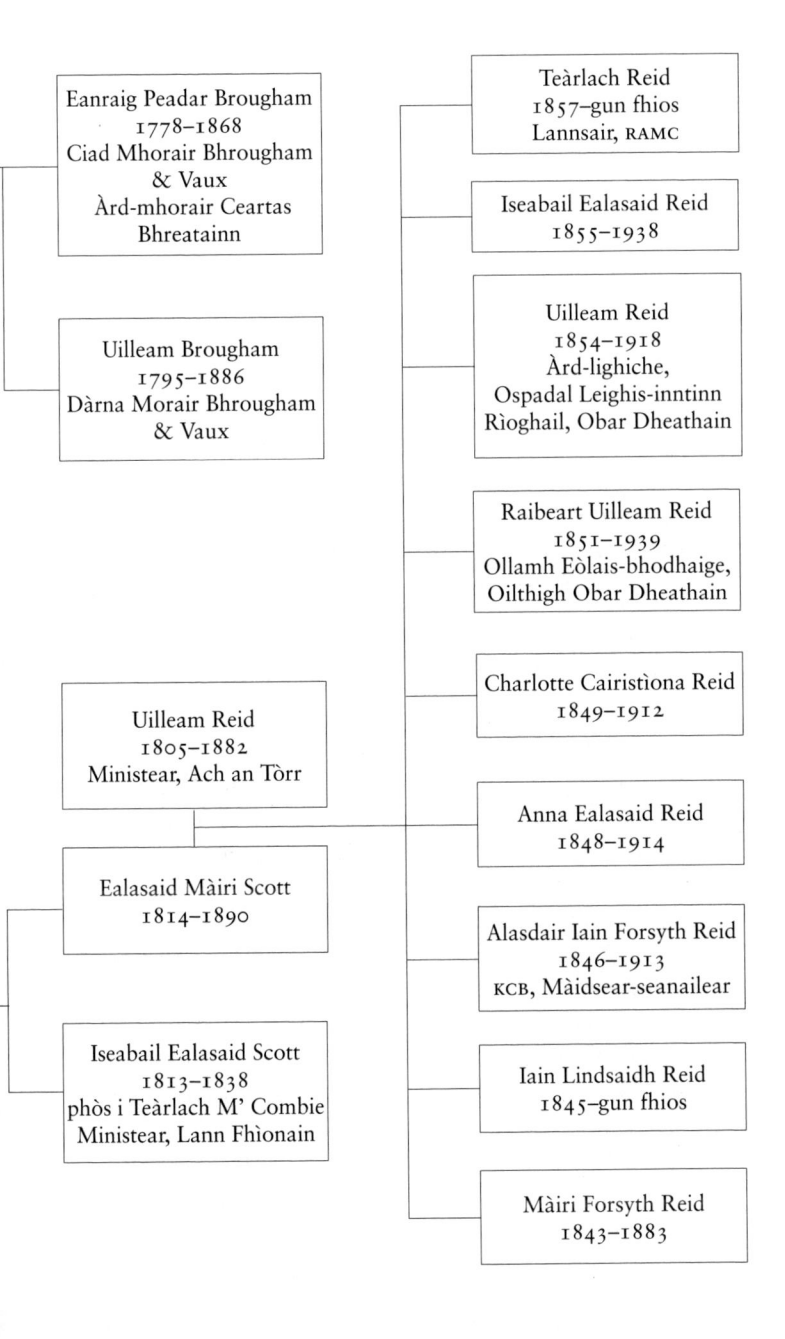

```
                                            ┌─────────────────────────────────┐
                                            │      Teàrlach Reid              │
                                            │      1857–gun fhios             │
┌──────────────────────────────┐            │      Lannsair, RAMC             │
│  Eanraig Peadar Brougham     │            └─────────────────────────────────┘
│       1778–1868              │
│  Ciad Mhorair Bhrougham      │            ┌─────────────────────────────────┐
│       & Vaux                 │            │   Iseabail Ealasaid Reid        │
│  Àrd-mhorair Ceartas         │            │       1855–1938                 │
│       Bhreatainn             │            └─────────────────────────────────┘
└──────────────────────────────┘
                                            ┌─────────────────────────────────┐
                                            │       Uilleam Reid              │
                                            │       1854–1918                 │
┌──────────────────────────────┐            │      Àrd-lighiche,              │
│     Uilleam Brougham         │            │   Ospadal Leighis-inntinn       │
│       1795–1886              │            │   Rìoghail, Obar Dheathain      │
│  Dàrna Morair Bhrougham      │            └─────────────────────────────────┘
│         & Vaux               │
└──────────────────────────────┘            ┌─────────────────────────────────┐
                                            │    Raibeart Uilleam Reid        │
                                            │       1851–1939                 │
                                            │  Ollamh Eòlais-bhodhaige,       │
                                            │  Oilthigh Obar Dheathain        │
                                            └─────────────────────────────────┘

                                            ┌─────────────────────────────────┐
                                            │   Charlotte Cairistìona Reid    │
┌──────────────────────────────┐            │       1849–1912                 │
│       Uilleam Reid           │            └─────────────────────────────────┘
│       1805–1882              │
│   Ministear, Ach an Tòrr     │            ┌─────────────────────────────────┐
└──────────────────────────────┘            │     Anna Ealasaid Reid          │
                                            │       1848–1914                 │
                                            └─────────────────────────────────┘
┌──────────────────────────────┐
│    Ealasaid Màiri Scott      │            ┌─────────────────────────────────┐
│       1814–1890              │            │  Alasdair Iain Forsyth Reid     │
└──────────────────────────────┘            │       1846–1913                 │
                                            │  KCB, Màidsear-seanailear       │
                                            └─────────────────────────────────┘
┌──────────────────────────────┐
│   Iseabail Ealasaid Scott    │            ┌─────────────────────────────────┐
│       1813–1838              │            │     Iain Lindsaidh Reid         │
│  phòs i Teàrlach M' Combie   │            │       1845–gun fhios            │
│  Ministear, Lann Fhìonain    │            └─────────────────────────────────┘
└──────────────────────────────┘
                                            ┌─────────────────────────────────┐
                                            │      Màiri Forsyth Reid         │
                                            │       1843–1883                 │
                                            └─────────────────────────────────┘
```

Notaichean

Cànan anns an Nobhail

Chan eil fhios againn am biodh na caractaran Albannach anns an nobhail a' dèanamh còmhradh anns a' Ghàidhlig. 'S dòcha gu bheil e nas coltaiche gum biodh iad a' bruidhinn 'Doric' no Beurla Ghallta. Ach bha Gàidhlig ga bruidhinn fhathast ann an Siorrachd Obar Dheathain agus ann an Clèir Àfaird aig an àm. Anns an ro-ràdh ri *Records of the Exercise of Alford* (1897) sgrìobh an deasaiche, an t-Urr Thomas Bell, mar a leanas:

> Gaelic does not seem to have been used in the Church services in our bounds. We infer this from its never being mentioned in connection with the settlement of ministers in our Presbytery. It was, however, the language generally spoken at this time (1662–1687) in the upper part of the Presbytery and was taught in the schools. Indeed, it continued to be so long after our period. In 1745, the Presbytery was asked to retain the services of a Mr M'Lennan, the itinerant preacher at Corgarff, because of his great usefulness, and success in keeping the people from going over to Popery, 'on account of his having the Irish language.' As late as 1766 schoolmasters were required to teach 'Erse' as well as English in

the 'Highland parishes of the Presbytery, Strathdon etc.' There was also in the Presbytery what was called the 'Highland Library,' kept sometimes at one manse, sometimes at another. A list of books is entered in the Presbytery Record, 6th December 1710. Several of the books are, we believe, still in existence, and are in a library in Strathdon parish.

Anns an leabhar *Place Names in Strathbogie* (1891) sgrìobh James MacDonald FSA:

Gaelic dies slowly even in our own day, and we have no clear evidence that it gave place to English at such an early date (middle of the 14th century). In these inland districts, and off the main thoroughfares of the country, it may have lingered to a much later period than is generally supposed. I know, that within fifty years, there were old families, natives of the Lordship of Huntly, who had inherited the knowledge, and continued the use of the old language. A few Gaelic-speaking families in a district would, no doubt, greatly conserve the true sound of local names.

Anns an dòigh cheudna, chan eil fhios nach robh Gàidhlig aig na caractaran a rugadh agus a thogadh ann an Siorrachd Bhainbh. Sgrìobh Kurt C Duwe (2024) gun robh Gàidhlig ga bruidhinn fhathast anns an fhicheadamh linn ann an sgìrean iomallach Siorrachd Bhainbh ged a bha an cleachdadh a' crìonadh. Agus anns a' Chunntas-sluaigh a rinneadh ann an 1888 (a' chiad bhliadhna anns an deach ceist a chur mu chànan), bha Gàidhlig ga bruidhinn le 30.5%

de mhuinntir Thom an t-Sabhail, mar eisimpleir. Sgrìobh Seumas Grannd mu chleachdaidhean àraidh dual-chainnt Shrath Spè anns an artaigil aige, 'The Gaelic of Strathspey and its Relationship with Other Dialects,' *Transactions of the Gaelic Society of Inverness* LXI, 71-115, 2003, ri fhaighinn air-loidhne https://archive.org/details/tgsi-vol-lxi-1998-2000/page/70/mode/2up

Eachdraidh Ghoirid Gòrdanaich Thìr Preasaidh

Anns an aonamh linn deug, rinn an Rìgh Dàibhidh, am mac a b' òige do Chalum a Trì agus da bhanrigh Mairead, riaghailt gum b' ann leis-san a bha an dùthaich. Bha e airson a roinn agus a thoirt seachad do na caraidean aige a rèir a thoil fhèin gus am biodh tighearnas aca oirre. Thug e Tulach Neasail do dh'Easbaigean Obar Dheathain, agus b' iadsan a bha a' mealtainn agus a' caitheamh toraidhean nan achaidhean fad nan linntean a lean.

Anns an t-siathamh linn deug, nuair a b' e Uilleam Gòrdanach an t-easbaig, rinn e Seòras, mac a bhràthar agus treas Iarla Hunndaidh, na bhàillidh os cionn sgìrean na h-eaglaise air an robh e fhèin an sealbh. Shuidhich Seòras talamh torrach air a luchd-dàimh, agus ann an 1561 thogadh caisteal do dh'fear dhiubh ann an gleann Thulach Neasail – Caisteal Thìr Preasaidh. B' e Uilleam Gòrdanach an t-ainm a bha air an fhear-dàimh seo cuideachd, Ciad Fhear Thìr Preasaidh.

Aig an aon àm, ge-tà, bha an t-Ath-Leasachadh a' toirt buaidh mhòr air Alba. Ghabh Mgr Uilleam Cabell, an sagart Caitligeach os cionn paraiste Thulach Neasail, ris a' Chreud Phròstanaich ach chùm Gòrdanaich Thìr Preasaidh gu teann ris an Eaglais Chaitligich. B' i slighe chorrach dhaibh a bha sin. Fo Laghan Peanais ùra na h-Alba, cha robh e ceadaichte do shagartan Caitligeach a bhith a' fuireach ann an Alba idir agus bha cuartachadh na h-Aifrinn toirmisgte. Nam briseadh duine sam bith na laghan seo, bhiodh iad air am peanasachadh gu trom. Còrr is uair, chuir Clèir Àfaird casaid an aghaidh nan Gòrdanach gun robh iad nam Pàpanaich agus chaidh an iomsgaradh bhon Eaglais Leasaichte. Gu fortanach, cha deach am fuadachadh a-mach agus ghlèidh iad an àite anns a' choimhearsnachd. Ma dh'fhaodte gun cumadh iad sagart Caitligeach ann an Càisteal Thìr Preasaidh agus ma dh'fhaodte gun cuartaicheadh e an Aifrinn gu falachaidh nan dachaigh. Cha robh fios le cinnt aig duine sam bith. Ach bha frithealadh na h-Eaglaise Phròstanaich an dà chuid riatanach fo na Laghan Peanais agus furasta a chlàradh. Mar sin dheth, bhiodh na Gòrdanaich rim faicinn a h-uile Sàbaid ann an Eaglais Thulach Neasail a' moladh an Tighearna còmhla ri muinntir na sgìre. Choisinn iad spèis an t-sluaigh airson nan obraichean carthannach a rinn iad agus aig deireadh am beatha thiodhlaiceadh iad le urram anns a' chladh.

Nuair a chaidh Caisteal Thìr Preasaidh a thogail an toiseach, bha trì ùrlaran anns a' phrìomh aitreabh agus dà thùr chruinn, fear aig an oisean a tuath agus fear eile aig an oisean a deas. Ged a bha na ballachan làidir, chaidh a losgadh gu dona leis an t-Seanalair Baillie agus Arm nan Cùmhnantach ann an 1645. Fhad 's a bha an caisteal ga chàradh, leudaich na Gòrdanaich an togalach, a' cur seòmar-ithe spaideil ris an talla mhòr.

Bha an t-àm ann nuair a bha Gòrdanaich Thìr Preasaidh beartach agus cumhachdach. Ghabh an Treas agus an

Ceathramh Fear sealbh air oighreachdan a bharrachd, a' cur ris na bha aca, ach thàinig an dà latha air an teaghlach ro linn Theàrlaich, an Siathamh Fear, a nochd aig toiseach na sgeulachd seo. Anns an ochdamh linn deug, ge-tà, bha an t-oighre eile anns a' pharaiste, Forbeis-Leith Whitehaugh, a' dol bho neart gu neart.

Cogadh Co-arbas na h-Ostaire (1740—1748)

Anns an Dàmhair 1740, bha èiginn eadar-nàiseanta anns an Roinn Eòrpa. Bha Teàrlach a Sia, Ìmpire Naomh na Ròimhe ri uchd bàis. Mus do chaochail e, ghabh ceannardan Bhreatainn, Hanòbhair, na Pruise, na Frainge agus na Spàinne ri nighean Theàrlaich a Sia, Maria Theresa, mar oighre dligheach na h-Ìmpireachd. Ach cha do chùm a' Phruis, an Fhraing agus an Spàinn ri seo agus cha b' fhada mus do bhris Frederich a Dhà, Rìgh na Pruise, a-steach do Shilesia.

As t-samhradh 1741, bha Rìgh Seòras a Dhà Bhreatainn, Taghadair Hanòbhair, den bheachd gun robh Hanòbhar, an dùthaich a b' ionmhainn leis, ann an cunnart leis an amhreit a bha ann. Ged nach robh luchd-poilitigs agus muinntir Bhreatainn a dh'aon inntinn mu dheidhinn, chaidh 16,000 saighdear Breatannach a chur gu Flanders a sheasamh còraichean Maria Theresa. Bha an Rìgh Seòras fhèin air blàr a' chogaidh aig Dettingen far an do choisinn e urram dha fhèin mar sheanailear treun, ach lean an strì air, bliadhna an dèidh bliadhna. Thug na Frangaich buaidh air an arm Bhreatannach fo Dhiùc Chumberland aig Fontenoy, an iar air a' Bhruiseal, anns a' Chèitean 1745. As t-fhoghar 1745, bha an Diùc ann am Flanders còmhla ris an arm aige.

Na h-Achdan

Achd an Aonaidh – chaidh an t-Achd seo (*the Treaty of Union*, mar a tha aca air anns a' Bheurla anns an latha an-diugh) a stèidheachadh air Latha Buidhe Bealltainn ann an 1707. Bha deasbad agus connspaid ann – bha e na chuspair toinnte – mus do bhòt Pàrlamaid Dhùn Èideann 100/67 airson an aonaidh. B' e *'marriage of convenience'* a bha ann (Devine, 2016), anns an do leig Sasainn seachad cothroman malairt do dh'Alba, an dòchas air seasmhachd phoilitigeach. Ann an deicheadan tràtha an ochdamh linn deug, bha mòran dhaoine ann nach do ghabh gu toilichte ris an Achd, an dà chuid ann an Alba agus ann an Sasainn. B' e fear de dh'amasan nan Seumasach Pàrlamaid na h-Alba ath-stèidheachadh.

Achd an t-Socrachaidh – ann an 1701, dhaingnich Pàrlamaid Westminster Achd an t-Socrachaidh (*the Act of Settlement*) gun a bhith a' sireadh beachd nan Albannach. Aig an àm ud, bha am bàs a' teannadh dlùth air an Rìgh Uilleam a Trì, bha a' Bhanrigh Màiri marbh, agus b' i Anna, piuthar-chèile Uilleim a Trì agus nighean Sheumais a Dhà agus a Seachd, an t-oighre dligheach air crùn Bhreatainn. A rèir an Achd, mura biodh duine cloinne air mhaireann aig a' Bhanrigh Anna (agus b' ann mar sin a bha e), b' i Sophia, Ban-Taghadair Hanòbhair, ogha an Rìgh Sheumais a h-Aon agus a Sia, an t-oighre às a dèidh – anns an dòigh sin, bhiodh an Co-arbas Pròstanach 1688 air a chumail. Mar a thachair, chaochail Sophia anns an Ògmhios 1714, agus nuair a chaochail Anna anns an Lùnastal 1714 chaidh mac Sophia, Seòras, a chrùnadh mar Rìgh Seòras a h-Aon Bhreatainn agus na h-Èireann.

Achd an Dì-armachaidh 1746 (*the Disarming Act of 1746*). Gu ìre mhòir, cha do shoirbhich le Achd an Dì-armachaidh 1716 ann a bhith a' lùghdachadh armachd nan Seumasach. Chaidh Achd na bu truime a stèidheachadh ann an 1746, a' bagairt pheanasan cruaidh orrasan a bhriseadh e. A rèir Achd Cur Às dhan Èideadh Ghàidhealach 1746 (*the Act of Abolition and Proscription of Highland Dress*) bha e toirmisgte do dhaoine fèileadh no aodach breacain a chur umpa. Chaidh an t-Achd seo ais-ghairm ann an 1782.

Achd a' Chuidhteachaidh (*the Indemnity Act of 1747*). Chaidh an t-Achd seo ainmeachadh anns an sgeulachd mar 'am mathanas-coitcheann'. Bha an t-Achd a' tabhainn mathanas air a' mhòr-chuid de dhaoine a bha air an taic a thoirt dhan ar-a-mach Sheumasach. Bha feadhainn ann a bha air an dùnadh às a' mhathanas seo, ge-tà, am Morair Seòras Moireach nam measg.

Na h-Ainmean-àite

Àfard – Alford, Aberdeenshire
An Eaglais Bhreac – Falkirk, Stirling Region
An Gearasdan – Fort William, Highland Region
Baile a' Bhràghaid – Balvraid, Highland Region
Bail' Dhaibhidh Bhàin – Baldyvin, Aberdeenshire
Banbh – Banff, Aberdeenshire
Blàr Athall – Blair Atholl, Badenoch, Highland Region
Bog Bràghad – Bogbraidy, Aberdeenshire
Bog nan Seileach – Bogieshalloch, Aberdeenshire
Ceann Loch Mùideart – Kinlochmoidart, Highland Region

NOTAICHEAN

Ceann Phàdraig – Peterhead, Aberdeenshire
A' Cheapach – Keppoch, Highland Region
Cille Chuimein – Fort Augustus, Highland Region
Crombaidh – Cromarty, Black Isle and Mid Ross
Cùil Lodair – Culloden, Highland Region
Cùl-uchdaich – Collithie, Aberdeenshire
Druim Athaisidh – Drumossie, Highland Region
Dùn Èideann – Edinburgh
Eilginn – Elgin
Èirisgeigh – Eriskay, Western Isles
Foirbeis – Forbes, Aberdeenshire
Gearastan Ruadhainn – Ruthven Barracks, Badenoch
Glaschu – Glasgow
Gleann Buichead – Glenbuchat, Aberdeenshire
Gleann Fhionnain – Glenfinnan, Lochaber, Highland Region
Gleann Liobhait – Glenlivet, Highland Region
Hunndaidh – Huntly, Aberdeenshire
Inbhir Narann – Nairn, Highland Region
Inbhir Nis - Inverness
Inbhir Uaraidh – Inverurie, Aberdeenshire
Loch Iall – Loch Eil, Argyll
Mealdruim – Oldmeldrum, Aberdeenshire
Mon Rois – Montrose, Angus
Obar Dheathain – Aberdeen
Rìoghnaidh – Rhynie, Aberdeenshire
Srath Bhalgaidh – Strathbogie, Aberdeenshire

Srath Dheathain – Strathdon, Aberdeenshire
Srath Lùnach – Strathlunach, Aberdeenshire
Sròn na h-Aibhne – Stonehaven, Kincardineshire
Sruighlea – Stirling
Tìr Preasaidh – Terpersie, Aberdeenshire
Tulach Neasail – Tullynessle, Aberdeenshire
Tulaich Phùraidh – Tillyfourie, Aberdeenshire

Na Galaran

Anns an aithris a chuir an t-Urr James Scott a-steach do Sheann Chunntas Staitistigeach na h-Alba ann an 1795, dh'fhoillsich e fiosrachadh mu na daoine a fhuair bàs anns a' pharaiste aige, Benholme, Siorrachd Cheann Chàrdainn, eadar 1778 agus 1798. Chaidh am fiosrachadh seo a chochruinneachadh le seann mhinistear na paraiste, an t-Urr Robert Young. Chaochail 329 daoine uile gu lèir thairis air na h-aon bhliadhna deug ud. B' iad na h-adhbharan-bàis a bu chumanta (nam beachd-san, aig an àm) galaran-caitheimh – 77, fiabhras – 60, a' bhreac – 43, seann aois – 36, meud-bhronn (dropsy) – 29, tubaistean – 24, agus a' chaitheamh – 21.

Dropsy – 's e 'a' mheud-bhronn' am facal a nochdas anns a' Bhìoball (Soisgeul Lùcais, 14, 2) airson *dropsy* – bhiodh meudachadh na bronn agus sèideadh nan casan, no nan adhbrannan, rim faicinn air daoine nach b' urrainn lionn a chlìoradh mar a bu chòir à cuairt na fala. Anns an ochdamh linn deug, tha e coltach gum b' e laigse a' chridhe a bu trice a bu choireach, ach dh'fhaodadh tinneas nan àirnean no tinneas a' ghruthain a' mheud-bhronn adhbharachadh cuideachd.

Jail fever – thathar a' smaoineachadh gum b' e am fiabhras-bhallach, no *typhus*, a bha ann an *jail fever*, galar gabhaltach air adhbharachadh leis a' mheanbhaig *Rickettsia* a chaidh a sgaoileadh bho neach gu neach le deargannan. Cha chluinnear mòran mun fhiabhras-bhallach anns an latha an-diugh ach bha e cudromach ann an da-rìribh anns na linntean a dh'fhalbh. Anns an leabhar *The Healers. A History of Medicine in Scotland* (faic 'Tùsan') rinn David Hamilton tuairisgeul air an fhiabhras-bhallach anns an naoidheamh linn deug leis na facail, *'Typhus was ever present,'* agus *'It was a greater killer than cholera.'* Tha earrann thiamhaidh, dhrùidhteach ann air an fhiabhras-bhallach anns na h-Eileanan an Iar ann an 1896/1897 anns an leabhar *Father Allan. The Life and Legacy of a Hebridean Priest* le Roger Hutchison a chaidh fhoillseachadh le Birlinn Press, Edinburgh 2010 (td 140-142).

Na Luibhean

Aiteann – *juniper, Juniperis communis*; tha na dearcan feumail; ann an obair-leighis thraidiseanta na Gàidhealtachd, bhathar a' cleachdadh nan dearcan mar chungaidh-leighis airson *dropsy*; bhathar a' creidsinn gum brosnaicheadh ola nan dearcan na h-àirnean agus gun dèanadh fuarlite anns an robh dearcan brùite math do theum nathrach.

Bailm – *lemon balm, Melissa officinalis*; tha na duilleagan feumail, air an spìonadh mus nochd na ditheanan; bhathar ga cleachdadh mar chungaidh-leighis a bheireadh fois-inntinn agus cadal math dhan euslainteach.

Burmaid – *wormwood, Artimisia absinthium, A. annua*; tha na ditheanan agus na failleannan feumail; bhathar ga cleachdadh mar dheoch bhrìgheach agus mar chungaidh-leighis dhan stamaig agus dhan amhaich ghoirt, agus airson cur às do na dathagan. Air a suathadh air a' chraiceann, tha burmaid ag ais-bhualadh nam meanbh-fhrìdean. 'S e lus puinnseanach a tha ann. (Tha an t-ainm *Vermouth* a' tighinn bhon fhacal Ghearmailtais airson *wormwood*.)

Cuach Phàdraig – *plantain, Plantago lanceolata*; tha na duilleagan feumail; bhathar a' cur luach mòr ann an cumhachd leigheas na luibhe ìosail seo air lotan agus neasgaidean; bhathar a' cleachdadh nan duilleagan mar *styptic* – gan cur air gearraidhean gus stad a chur air sileadh fala – agus gus faothachadh fhaighinn bho ghathan agus bìdidh nam meanbh-fhrìdean.

Darach – *oak, Quercus robur*; gu traidiseanta, bhathar a' cleachdadh rùsg na craoibhe daraich gus fiabhras a thoirt sìos agus stad a chur air an dìobhairt. Tha fhios aig luchd-saidheans a-nis gu bheil ceimigean anns an rùsg a bhios a' cur às do bhacteria.

Lus an Rìgh (lus mhic Rìgh Bhreatainn) – *thyme, Thymus vulgaris, T. drucei, T. serpyllum*; tha na ditheanan agus na duilleagan feumail; bhathar ga chleachdadh mar dheoch bhrìgheach, mar chungaidh-leighis dhan stamaig, gus casadaich a mhùchadh, gus na h-àirnean a bhrosnachadh agus airson cur às do na dathagan.

Lus chneas Chù-Chulainn – *meadowsweet, Filipendula ulmaria*; tha na ditheanan agus na duilleagan feumail; bhathar ga chleachdadh mar chungaidh-leighis do thinneas nan alt, airson fèithean goirt agus gus fiabhras a thoirt sìos. (Tha *salicylic acid* am measg nan ceimigean ann an lus chneas Chù-Chulainn. 'S e *Spiraea* an t-ainm a bha air a' ghnè anns na bliadhnaichean a chaidh seachad – sin freumh an ainm *Aspirin*.)

Lus na Frainge – *tansy, Tanacetum vulgare (Chrysanthemum vulgare)*; tha na ditheanan feumail; bhathar ga chleachadh airson cur às do na dathagan.

Meuran-nan-cailleachan-marbha – *foxglove, Digitalis purpurea*. Tha an lus seo air leth puinnseanach. Bha muinntir na Cuimrigh a' cleachdadh meuran nan Cailleach marbha mar leigheas anns an treas linn deug. B' iad na h-aithrisean air cumhachd-leighis an lusa ann an Sasainn a bhrosnaich an Dr Uilleam Withering gus a rannsachadh anns an ochdamh linn deug. Fhuair e a' cheimig *digitalis* ann, cungaidh-leighis a bha agus a tha a' dèanamh feum dhan chridhe lag.

Pionnt – *mint, Mentha*, iomadach gnè; tha na duilleagan feumail; bhathar agus thathar ga chleachdadh an-diugh mar chungaidh-leighis dhan stamaig agus dhan mhionach; bhathar ga chleachdadh cuideachd mar *anxiolytic* agus mar leigheas do na càireanan. Tha *menthol* ann an ola a' phionnta – tha e dèanamh feum do na cuinneanan tachdte. (Dh'fhaodadh e a bhith gu bheil an t-ainm *mint* a' tighinn bho fhaoinsgeul Greugach – chaidh an nimfeach *Minthe* a thionndadh gu bhith na luibh leis a' bhanrigh eudaich *Persephone*.)

Ròs-Moire – *rosemary, Rosemarinus officinalis*; tha na ditheanan agus na failleanan ùra feumail; bhathar ga chleachdadh mar *analgesic* dhaibhsan air an robh an t-siatag no cràdh nam mionach. Tha fianais ann gu bheil cùbhraidheachd ola ròis-Moire na brosnachadh dhan eanchainn agus dhan chuimhne.

Sealbhag – *wood sorrel, Oxalis acetosella*; tha na duilleagan feumail. Anns an sgeulachd 'Am Prionnsa', bhathar a' cleachdadh sealbhag gus dath a chruadhachadh anns a' chlòimh. Ach bhathar ga cleachdadh cuideachd mar chungaidh-leighis gus fiabhras a thoirt sìos agus na h-àirnean a bhrosnachadh; bhathar ga cur ri fuarlitean airson lotan a shlànachadh agus neasgaidean a tharraing. Tha *oxalic acid* anns na duilleagan – dh'fheumadh daoine buailteach ris a' ghalar-fhuail an luibh a sheachnadh.

Sgìtheach-dubh, àirne – *sloe, blackthorn, Prunus spinosa*; tha na ditheanan, na dearcan, an rùsg agus na freumhan feumail; bhathar a' cleachdadh nan ditheanan agus nan dearcan mar dheoch bhrìgheach agus, air a' chraiceann, mar chungaidh-leighis dhan phiocas *(scabies)*; bhathar a' dèanamh deoch den rùsg agus de na freumhan dhaibhsan air an robh a' chuing.

Slàn-lus, sàiste – *sage, Salvia officinalis*; tha na duilleagan feumail; bhathar ga chleachdadh mar loit-leigheas airson amhach ghoirt agus ainteas a' bheòil agus nan càireanan. Tha ùidh ann an slàn-lus an-diugh mar chungaidh-leighis a dh'fhaodadh a bhith feumail dhaibhsan a tha a' cur fallas dhiubh cus no air a bheil seargadh-inntinn.

Na h-Oifigearan Hanòbharach An-iochdmhor

AN LEIFTEANANT-SEANAILEAR HENRY HAWLEY (1685 – 1759). Rugadh Hawley ann an Lunnainn. Chaochail e aig aois 74 anns an dachaigh aige, West Green House, Hartley Wintney, Sasainn.

Choisinn e am far-ainm *'Hangman Hawley'* mar thoradh air na dòighean a bhiodh e a' cleachdadh gus smachd a chumail air a shaighdearan. Ann am beachd cuid, bha e toillteanach air *court martial* an dèidh Blàr na h-Eaglaise Brice. Aig an àm ud, dh'fhàg Horace Walpole air gun robh e àrd-cheannach agus mì-chùramach. Bha cruadhas a chridhe follaiseach an dèidh Blàr Chùil Lodair: bha e mì-chneasta agus gun tròcair sam bith ann a bhith a' cur às do na Seumasaich; bhathar a' clàradh gun tuirt e gun robh 7000 dachaigh air an losgadh fo ùghdarras ach gun robh mòran a bharrachd fhathast ri dhèanamh.

Anns na bliadhnaichean ron ar-a-mach Sheumasach ann an 1745, bha e air sabaid a dhèanamh an aghaidh nam Frangach aig Dettingen agus Fontenoy. Thill e a Fhlanders ann an 1746 – bha e anns an arm air an do thug na Frangaich buaidh aig Blàr Lauffeld. Nuair a thàinig crìoch air Cogadh Còir-Seilbheachd na h-Ostaire ann an 1748, bha e na Riaghladair Inbhir Nis fad grunn bhliadhnaichean.

AN CAIPTEAN CAROLINE SCOTT (1711 – 1754). B' e Scott dalta-baistidh Caroline Ansbach – bean an Rìgh Sheòrais agus màthair Dhiùc Chumberland – agus sin a b' adhbhar air ainm-baistidh. B' ann à Alba a bha a phàrantan, ach b' e dioplomat a bha na athair agus ma dh'fhaodte gun do rugadh e ann an Dresden.

Ro Bhlàr Chùil Lodair, rinn esan agus a shaighdearan milleadh mòr air muinntir Shiorrachd Aonghais. Anns a' Mhàrt 1746, bha e na cheannard anns a' Ghearasdan fhad 's a bha na Seumasaich a' cur sèist ris. Choisinn e droch chliù dha fhèin an dèidh Blàr Chùil Lodair agus anns na mìosan a lean nuair a bha e a' sparradh Achd an Dì-armachaidh air na Gàidheil – bha a ghiùlan anabarrach brùideil.

Bha e air fear de na h-oifigearan Hanòbharach air tòir a' Phrionnsa Thèarlaich fhad 's a bha e fo choill anns na h-eileanan. Nuair a thàinig Scott air tìr aig Cille Brìghde, Uibhist a Deas, cha robh e ach mìle no dhà air falbh bhon Phrionnsa Teàrlach ach cha do ghabh e grèim air.

Fhuair e adhartas na dhreuchd – a bhith na Mhàidsear anns an t-Samhain 1746 agus, an dèidh sin, na Leifteanant-Còirneal agus na *aide-de-camp* do Dhiùc Chumberland.

As t-fhoghar 1752, chaidh e do na h-Innseachan a bhith na oifigear ann an seirbheis an *East India Company*. Chaochail e le fiabhras ann am Madras ann an 1754.

AN CAIPTEAN JOHN FERGUSON (fhuair e bàs ann an 1767). B' ann à Mealdruim, Siorrachd Obar Dheathain, a bha Ferguson.

Ann an 1746, b' esan ceannard na luinge *Furnace* air tòir nan Seumasach mu chost an iar na h-Alba agus anns na h-eileanan. Bha e cho cruaidh, borb orrasan a chuir e am bruid 's gun do choisinn e dha fhèin an t-ainm 'an Caiptean Dubh'.

B' e Sìm Friseal fear de na ciomaich air bòrd long Ferguson aig aon àm. Bha an *Jesuit*, an t-Athair Alasdair Camshron, am bràthair a b' òige do Chamshron Loch Iall, air a cheangal ann an slabhraidhean air an *Fhurnace* – thathar a' clàradh gun robh Ferguson cho brùideil dhan t-sagart seo 's gun do chaochail e leis na lotan a fhuair e ùine ghoirid an dèidh dha a bhith air a thar-aisig do long-phrìosain air Uisge Thames.

Nuair a bha Flòraidh NicDhòmhnaill air a cur an grèim, bha ise na prìosanach air bòrd an *Fhurnace* cuideachd. Gu fortanach, bha an Seanailear Iain Caimbeul air bòrd na luinge aig an aon àm agus ma dh'fhaodte gun do chuir esan bacadh air giùlan olc Ferguson.

Fhuair Ferguson adhartas na dhreuchd, le moladh Dhiùc Chumberland – mar cheannard an fhrigeid, *HMS Nightingale.*

AM MÀIDSEAR JAMES LOCKHART. B' e Gall a bha ann an Lockhart – thathar a' creidsinn gum b' ann à Siorrachd Lannraig a bha e o thùs. Tha gainnead de dh'fhiosrachadh ann mu a bheatha phearsanta.

Chaidh Lockhart à fianais aig Blàr na h-Eaglaise Brice. Thuirt e gun deach a ghlacadh leis na Seumasaich airson greis ach cha do ghabh a h-uile duine ris a' mhìneachadh seo. Sgrìobh Duffy (2015) – *'(he had) escaped with his life, if not with his reputation'.*

Anns an t-Samhain 1746, rinn Lockhart agus a shaighdearan milleadh mòr air na daoine a bha a' fuireach ann an Gleann Mhoireasdain agus ann an Srath Ghlais. Thathar a' clàradh gun do rinn e murt agus neach-èigneachadh, gun do thog e crodh agus gun do chuir e dachaighean nan teine. Nuair a chruinnich an t-Urr Raibeart Forbeis aithrisean air na thachair an dèidh Blàr Chùil Lodair anns na leabhraichean *The Lyon in Mourning*, cha robh mòran iomraidhean ann air neach-èigneachadh – nuair a bha, b' iad am Màidsear Lockhart agus an Caiptean Scott agus na saighdearan aca a bha, sa chumantas, rin coireachadh (O' Keefe, 2023).

Ann an litir a chuir Iain Moireach gu Diùc Athaill air 17mh den Iuchar 1746, sgrìobh e, *'Some of the officers of the army ... give accounts of the most extraordinary barbarity of Major James Lockhart, and I have seen letters from ministers to the same effect.'* (Duffy, 2015).

Ann an 1750, bha Lockhart air adhartas fhaighinn na dhreuchd a bhith na Leifteanant-Còirneal. Chuir e tiodhlac bho Mhinorca gu Diùc Chumberland ann an Windsor – leòmhann boireann òg, liopaird, turtur agus struth. Gu mì-fhortanach, fhuair an struth bàs air bòrd na luinge (O' Keefe, 2023).

Nochd ainmean Scott, Ferguson agus Lockhart ann an colbh anns a' phàipear-naidheachd, *The Scotsman,* ann an 2018, fon tiotal, '*Who was the most notorious Redcoat of the 1745 Rebellion?*' https://www.scotsman.com/arts-and-culture/who-was-the-most-notorious-redcoat-of-the-1745-rebellion-329345#

Na Prìosanaich Sheumasach

Thathar a' tomhas gun robh 3471 prìosanaich Sheumasach air an cur an grèim agus gun d' fhuair 694 dhiubh bàs anns a' phrìosan le *jail fever.*

Bha 382 prìosanaich air an cumail fo ghlais is iuchair ann an Carlisle. Chaidh 118 dhiubh a thaghadh gus breitheanas fhaighinn anns a' chùirt a chionn 's gun robh iad air am meas mar Sheumasaich dhaingeann no a chionn 's gun robh iad nan uachdarain. Chaidh naoinear a bharrachd a thaghadh le crann bho na saighdearan cumanta. Nochd na 127 seo fa chomhair nam britheamhan: dh'aidich 41 an cionta agus chuir iad athchuinge a dh'ionnsaigh an rìgh ag iarraidh a thròcair; fhuaradh 36 neoichiontach; fhuaradh 50 ciontach leis na britheamhan, agus dhiubh seo, chaidh 33 a dhìteadh gu bàs – bha Teàrlach Gòrdanach air fear dhiubh.

Buidheachas

Bu toigh leam mo bhuidheachas a thoirt do na daoine a leanas:

John Storey aig Comhairle nan Leabhraichean;

an Dr Michel Byrne, a dheasaich an nobhail;

Eileen Cooper agus Joan NicDhòmhnaill a leugh a' chiad dreachd den sgeulachd;

Mairead NicÌomhair agus Dòmhnall Iain MacLeòid, nach maireann, a thug comhairle agus brosnachadh dhomh;

an t-Urr John Cook, ministear Àfaird, a sheall dhomh na cupan-comanachaidh airgid a thugadh do dh'Eaglais Thulach Neasail mar thiodhlac airson ministrealachd Ualtair Syme;

an Dr Jake King airson a chomhairle air ainmean-àite;

luchd-obrach Leabharlann Àfaird, Siorrachd Obar Dheathain;

an Dr Peter Duffus, a chuir ris an fhiosrachadh a bha agam air sìol nan Symes – fiosrachadh a thog mi bho na tùsan air an do rinn mi iomradh shuas agus bhon làraich-lìn, Ancestry.co.uk;

agus Amy Turnbull, Eilidh MacKinnon agus Gavin MacDougall aig Luath Press.

Bha làrach-lìn DASG glè fheumail dhomh nuair a bha mi ag obair air an sgriobt.

Leabhraichean eile le **LUATH**

Dà Shamhradh ann an Raineach
Graham Cooper
ISBN: 9781913025304 PBK £8.99

1767. Alba an dèidh Chùil Lodair agus atharrachaidhean mòra a' dol air adhart ann an Dùn Èideann agus ann an Raineach, Siorrachd Pheairt. Tha Dùghall Bochanan, Mairead, a bhean, agus seachdnar de theaghlach a' fuireach ann an taigh ùr ann an Ceann Loch Raineach. Dachaigh leis gach cofhurtachd agus le similear ann an stuadh an taighe. Nuair a thilleas Dùghall a Cheann Loch Raineach an dèidh crìoch a chur air obair ann an Dùn Èideann, tha a h-uile coltas ann gum bi làithean geala romhpa. Agus, bithidh, anns a' chiad shamhradh. Ach, anns an dàrna samhradh, thig rathad ùr bhon àird ùr an ear gu Raineach. Agus maille ris, thig rudeigin ris nach robh iad an dùil, rudeigin a dh'atharraicheas am beatha gu bràth.

'S e Mairead Bhochanan a tha a' toirt sùil air ais air beatha an duine aice – Dùghall Bochanan, bàrd, tidsear agus eadar-theangaiche. Chuir e gu mòr ri tionndadh an Tiomnaidh Nuaidh bhon Ghreugais gu Gàidhlig na h-Alba. Ach, aig deireadh an latha, 's e sgeul Mairead cho math ri sgeul Dhùghaill a tha ann.

An Ròs a Leigheas
Graham Cooper
ISBN: 9781910022597 PBK £8.99

Alba, am Foghar 1513. An dèidh dha taibhse fhaicinn ann an Glinn Iucha, tha Rìgh Seumas a Ceithir dealasach gu falbh air taistealachd a Bhaile Dhubhthaich mus dèan e ionnsaigh air Sasainn. Na chuideachd, bidh Mgr Eanraig Leich, an lannsair pearsanta aige, agus an t-amadan as fheàrr leis, Tòmas.

Bidh càirdeas a' sìor fhàs eadar an triùir fhear fhad 's a tha iad air chuairt a Bhaile Dhubhthaich agus, an uair sin, a' marcachd a Northumberland fada gu deas. Ach bidh teagamhan agus droch mhanaidhean gam buaireadh mus tig latha mòr a' chatha air Blàr Flodden.

Gheibhear fiosrachadh mun deidhinn seo agus leabhraichean eile a chaidh fhoillseachadh le Luath Press aig:
www.luath.co.uk

Luath foillsichearan earranta

le rùn leabhraichean as d'fhiach a leughadh fhoillseachadh

Thog na foillsichearan Luath an t-ainm aca o Raibeart Burns, aig an robh cuilean beag dom b' ainm Luath. Aig banais, thachair gun do thuit Jean Armour tarsainn a' chuilein bhig, agus thug sin adhbhar do Raibeart bruidhinn ris a' bhoireannach a phòs e an ceann ùine. Nach iomadh doras a tha steach do ghaol! Bha Burns fhèin mothachail gum b' e Luath cuideachd an t-ainm a bh' air a' chù aig Cù Chulainn anns na dàin aig Oisean. Chaidh na foillsichearan Luath a stèidheachadh an toiseach ann an 1981 ann an sgìre Bhurns, agus tha iad a nis stèidhichte air a' Mhìle Rìoghail an Dùn Èideann, beagan shlatan shuas on togalach far an do dh'fhuirich Burns a' chiad turas a thàinig e dhan bhaile mhòr.

Tha Luath a' foillseachadh leabhraichean a tha ùidheil, tarraingeach agus tlachdmhor. Tha na leabhraichean againn anns a' mhòr-chuid dhe na bùitean am Breatainn, na Stàitean Aonaichte, Canada, Astràilia, Sealan Nuadh, agus tron Roinn Eòrpa – 's mura bheil iad aca air na sgeilpichean thèid aca an òrdachadh dhut. Airson leabhraichean fhaighinn dìreach bhuainn fhìn, cuiribh seic, òrdugh-puist, òrdugh-airgid-eadar-nàiseanta neo fiosrachadh cairt-creideis (àireamh, seòladh, ceann-latha) thugainn aig an t-seòladh gu h-ìseal. Feuch gun cuir sibh a' chosgais son postachd is cèiseachd mar a leanas: An Rìoghachd Aonaichte – £1.00 gach seòladh; postachd àbhaisteach a-null thairis – £2.50 gach seòladh; postachd adhair a-null thairis – £3.50 son a' chiad leabhar gu gach seòladh agus £1.00 airson gach leabhar a bharrachd chun an aon t-seòlaidh. Mas e gibht a tha sibh a' toirt seachad bidh sinn glè thoilichte ur cairt neo ur teachdaireachd a chur cuide ris an leabhar an-asgaidh.

Luath foillsichearan earranta
543/2 Barraid a' Chaisteil
Am Mìle Rìoghail
Dùn Èideann EH1 2ND
Alba
Fòn: +44 (0)131 225 4326 (24 uair)
Post-dealain: sales@luath.co.uk
Làrach-lìn: www.luath.co.uk